Wo geht's lang, Girls?

Bianka Minte-König

Wo geht's lang, GIRLS?

PLANET GIRL

Ohne Kompass durchs Leben?

»Lotte«, *sagt eine sanfte Stimme zu mir,* »wir danken dir, dass du Elysium gerettet hast! Nimm dieses Einhorn als Geschenk, es wird dich sicher in deine Heimat zurücktragen.«

Ich schwinge mich in den reich verzierten, goldenen Sattel und tätschle dem weißen Fabeltier den Hals. Prinz Eron lenkt seinen Rappen an meine Seite, er beugt sich zu mir herüber und als er mir ganz geheimnisvoll etwas zuflüstert ...

... stürze ich durch Raum und Zeit, plumps, geradewegs in mein Bett. Vor Schreck wache ich auf.

Wie schade, immer wenn es besonders aufregend ist, weckt mich was aus meinen Träumen. *Prinz Eron von Elysium* ist wirklich der ultimativ süßeste Prinz des Universums.

Okay, Träume sind Schäume ... aber manchmal sehr schöne, sanfte, duftende, schmeichelnde ... wie Wellness in der Badewanne ... mindestens! *g* Magisch-galaktisch-fantastisch ... na ja, leider erst mal vorbei.

Ich taste mit einem bedauernden Seufzer noch etwas beduselt nach meinem Handy, das auf dem Tischchen neben meinem Bett liegt, und werfe einen verschlafenen Blick darauf.

Was ist denn da los? Völlig verstört starre ich auf das dunkle

Display. He, hallo?! Sag nicht, dein Akku ist leer! Wieso weckst du mich nicht? Nichts rührt sich. Schrottteil, dämliches! Ich knalle es unsanft zurück auf den Tisch.

Wie spät ist es denn eigentlich? Hoffentlich komme ich jetzt noch pünktlich zur Schule! Eine fette Verspätung, und dann noch ausgerechnet am ersten Schultag nach den Sommerferien, kann ich mir nicht leisten! Da werde ich eine Superluxus-Ausrede brauchen, wenn mich unser alter und neuer Klassenlehrer nicht vor versammelter Mannschaft auseinandernehmen soll. Was er für sein Leben gerne tut. Er ist Mathematiker, und Mädchen wie ich, die in seinem Unterricht träumen, statt sich mit der Logik der Zahlenwelt auseinanderzusetzen, haben bei ihm keine guten Karten … äh … Würfel. Doch dazu später mal mehr. Jetzt habe ich anderes zu tun.

»Mama!«, schreie ich im Schock viel zu laut. »Warum weckt mich denn keiner?!«

Wie blöd ist das denn? Wozu hat man schließlich eine Mutter, die ein Muster an Zuverlässigkeit ist? Mit der kann normalerweise kein Handy mithalten. Wo steckt sie eigentlich? Warum steht sie nicht in meiner Tür und drängelt mich, Gas zu geben? Macht sie doch sonst immer. Trotz Wecker, weil sie meint, doppelt gemoppelt hält besser.

Mir wird etwas mulmig im Magen. Ist doch hoffentlich alles in Ordnung mit ihr?, denke ich besorgt. Wenn schon der Wecker streikt, sollte es die für den Weckdienst zuständige Erziehungsperson schließlich nicht auch noch tun. Es sei denn, sie hat einen triftigen Grund. Aber der könnte dann nur etwas gaaanz Schreckliches sein, so pflichtbewusst, wie sie ist. Ich bekomme es nun echt mit der Angst. »MAMA!!!«

Also springe ich husch aus den Federn und werfe den Turbo an! Dabei stolpere ich über das aufgeschlagen vor meinem Bett liegende Buch, über dem ich gestern Abend eingeschlafen bin. *Der Prinz von Elysium* ist ein absolut toller Fantasy-Schmöker und das Buch voll angesagt in meiner Klasse. Alle Mädchen schwärmen für Eron und sogar die Jungs finden ihn gut.

Meine Freundin Johanna hat mir das Buch geliehen. Seit der Film im Kino lief, sind wir Fans von Eron, also dem Schauspieler, der ihn verkörpert. Sean Silvester heißt er und sieht so was von toll aus … nicht nur, wenn er seinen schwarzen Hengst besteigt und Mädchen Geheimnisse ins Ohr flüstern will.

Auf dem Flur kommt mir eine bleiche, übernächtigte Person mit schwarzen Schatten unter den Augen entgegen. Sie trägt Bademantel, Schlappen, wirre Haare und ein Paket mit Papiertaschentüchern in der Hand, von denen sie eins an eine reichlich rote Nase presst. Mit meiner sonst immer perfekt gestylten und hyperdynamischen Mutter hat dieses Wesen wenig Ähnlichkeit. Aber wer sonst sollte um diese Zeit durch unseren Flur zu meinem Zimmer schleichen?

»Hast du Nasenbluten?« – »Bist du wach?«, fragen wir beide gleichzeitig und müssen lachen.

»Wie spät ist es eigentlich?«

Sie murmelt die ungefähre Uhrzeit und mich erfasst sofort Hektik. Eine halbe Stunde zu spät! Das ist ja grauenhaft!

»Warum hast du mich nicht pünktlich geweckt?«, will ich mit leichtem Vorwurf in der Stimme wissen.

»Was ist mit deinem Handywecker?« – »Bist du krank?«, fragen wir wieder beide gleichzeitig.

»Akku leer«, murmle ich.

Die Antwort auf meine Frage könnte ich mir eigentlich selbst geben. Gesund sieht anders aus, jedenfalls bei meiner Mutter.

Sie schüttelt den Kopf, krächzt aber dazu gleichzeitig mit einer Stimme, die wie eine ungeölte Fahrradkette schleift: »Nur ein bisschen Schnupfen …«

»Das heißt genau?«

»Kleine Erkältung, wahrscheinlich.«

»Ich meine, kannst du mich trotzdem zur Schule fahren? Ich, äh, bin etwas spät dran.«

Sie wirkt allerdings nicht so, als ob sie in fünfzehn Minuten ausgehfähig wäre, vermutlich heute überhaupt nicht mehr.

»Bleibst du zu Hause?«

Sie zuckt mit den Schultern. Die Schatten unter ihren Augen sind wirklich megaschwarz und falls es nicht nur verschmierte Wimperntusche ist, scheint es ihr wohl tatsächlich ziemlich mies zu gehen.

»Mal schauen, was in der Redaktion anliegt. Ich bestell dir ein Taxi, ja?«

»Nein, nicht nötig, ich nehme das Rad. Es regnet ja nicht.«

»Aber vorsichtig fahren, nicht rasen«, ermahnt sie mich.

Ich stürze schon an ihr vorbei ins Bad.

Selbst wenn ich mit Hilfsmotor losdüsen würde, käme ich immer noch zu spät. Also kann ich mir das Rasen ja eigentlich wirklich sparen. »Nee, mache ich nicht«, versichere ich und knalle die Badezimmertür hinter mir zu.

Turbowaschgang, Zähne putzen, Haare kämmen und eine Überdosis Deo unter die Achseln sprühen, wo mir nun doch etwas Stressschweiß klebt. Fertig! Fast, denn rasch klaube ich noch die Reste dieser Blitzaktion zusammen: die in die Wanne geflutschte Zahnbürste, die Haarbürste, die im Waschbecken liegt, und die Klorolle, die sich durchs halbe Badezimmer abgerollt hat. So ein Chaos will ich meiner angeschlagenen Mutter schließlich nicht hinterlassen. Ich beseitige auch noch ein paar rote Haare, die am Waschbeckenrand kleben, und den Zahnpastaklecks, der auf dem Spiegel pappt. Ja, kann doch in der Hektik mal passieren, neue Zahnpastatuben sind manchmal hochexplosiv!

Ich grinse mein Spiegelbild beim Putzen an, blecke meine Beißerchen und finde mich pickliger als sonst. Das liegt aber wohl daran, dass ich neuerdings den Pony seitlich trage, da fallen die Pickel auf der Stirn besonders auf. Ich greife noch mal zur Bürste und ziehe meine roten Haare wieder über die Augenbrauen. Hm, geht auch nicht, dann sehe ich ja nichts mehr. Der Pony ist nämlich inzwischen viel zu lang. Also mit drei Bürstenstrichen wieder zurück und Abdeckstift auf die picklige Peinlichkeit geschmiert.

Was der wohl abdecken soll, dieser Stift? Die hellen Kleckse machen die Dinger erst recht auffällig. Egal, ich muss mich sputen. Gehe ich heute mal als Sams: rote Haare und … Pickel! Sind alles Glückspunkte, rede ich mir ein. Die würde ich bei meinem Klassenlehrer auf jeden Fall gut gebrauchen können!

Ich hetze in mein Zimmer, werfe mich in die Klamotten, die ich gestern Abend schon rausgelegt habe, nur weil meine kluge Mama das empfohlen hat, und greife nach der Schultasche, auch schon gestern gepackt. Puh …

Noch ein rascher Blick auf mein Handy, bevor ich es in der

Jeans versenke. Zehn vor acht. Das schaffe ich doch nie mehr pünktlich. Auch glückspünktlich nicht! *g*

Ich stürze runter in die Küche, wo meine Mutter mir trotz ihres bedauernswerten Zustands ein Frühstück hingestellt hat, das ich aber leider nicht mehr essen kann. Also nur kurz am Kakao geschlürft und das Pausenbrot dankend in die Tasche gestopft. Das bin ich ihr schuldig, obwohl die Zeit auch dazu eigentlich nicht mehr reicht.

Einen Abschiedskuss spare ich mir, nicht wegen des Zeitdrucks, sondern wegen der Infektionsgefahr. Stattdessen puste ich Mam nur ein Busserl per Hand rüber und presche dann im gestreckten Galopp in die Diele, wo ich mich in die Jacke werfe. Natürlich bleibe ich irgendwo im Futter stecken, ratsch … na sauber, jetzt ist das ganz hin.

»Hast du das Futter nicht nähen wollen?«, knurre ich zur Küche rüber, aber ich wette, meine Mutter hat so viel Rotz in den Nebenhöhlen, dass sie das gar nicht gehört hat. Besser so. In ihrem Zustand sollte ich sie nicht auch noch mit solchen Kleinigkeiten stressen.

»Ich bin weg!«, schmettere ich also mit gespieltem Frohsinn. »Tschühüüüüüs!« Darin bin ich bühnenreif. Ihre Antwort kann ich nicht mehr abwarten. Die Tür fällt hinter mir ins Schloss.

Ich hole das Rad aus dem Fahrradständer und sause los. Die Schultasche am langen Riemen quer über der Brust hängend und den Helm schief auf dem Kopf. Der Riemen schnürt mir die Kehle zu. Würg!!! Ich stoppe und ruckle ihn zurecht. So, jetzt aber Vollgas!

KAWUMM! Ich rassle mit einer Person zusammen, die

ohne nach links und rechts zu gucken ihren Rollator in falscher Richtung durch die Einbahnstraße schiebt.

Oma Petersen! Offenbar gerade auf dem Rückweg vom Bäcker. Jedenfalls schließe ich das aus den Brötchen, die verstreut auf der Straße liegen. Ich springe vom Sattel, lasse das Fahrrad zu Boden gleiten und hebe im gleichen Atemzug schon mal ein paar Semmeln auf. Dann schaue ich mir das Ausmaß der Bescherung an. Oje!

Der Rollator liegt umgekippt auf dem Asphalt, wirkt aber ansonsten heile. Oma Petersen steht noch und sieht ebenfalls unbeschädigt aus. Na, was für ein Glück!

»Alles in Ordnung?«, frage ich und drücke ihr die Brötchen in die Hand. Dann richte ich den Rollator auf und sammle den Rest ein. Hm, nicht sehr lecker, denke ich, als ich die Teile in die Tüte stopfe, die noch im Einkaufskorb steckt.

»Was musst du auch so rasen«, sagt Oma Petersen. Ihre hellblauen Augen blicken mich vorwurfsvoll an.

Was müssen Sie auch falsch rum auf der Fahrbahn durch die Einbahnstraße dackeln?! Gibt's keinen Gehweg?

Das denke ich aber nur, so was zu einer älteren Dame zu sagen, verbieten natürlich die Höflichkeit und der Respekt. Doch, ich finde, da hat meine Mutter völlig recht, denn Oma Petersen ist über siebzig und eine unserer nettesten Nachbarinnen. Gerade putzt sie mit dem Ärmel von einem der Brötchen den Straßenstaub ab. Igitt! Wer soll das wohl essen? Vielleicht Waldmann, ihr Dackel, dick mit Leberwurst bestrichen, denn so einem Hund schadet ein bisschen Dreck im Magen überhaupt nicht. Der ist hart im Nehmen. Oma Petersen hoffentlich auch.

Sie ist Musiklehrerin gewesen und ich habe bei ihr einmal in der Woche Klavierstunde und bewundere ihre Engelsgeduld mit mir. Nie fällt ein böses Wort, auch nicht, wenn ich nicht geübt habe, darum muss ich sie auch nie anlügen. Das ist gut, denn ich lüge wirklich nicht gern, nur wenn es gar nicht anders geht … Notlügen zum Beispiel … in der Schule kommt man um die nicht herum, wenn man nicht ständig angeraunzt werden will. Für meinen Klassenlehrer kann ich mir jetzt langsam auch schon mal eine zurechtlegen …

Bei Oma Petersen ist das nicht nötig, die hat für Kinder Verständnis.

»Ist Ihnen auch wirklich nichts passiert?«, frage ich darum echt besorgt und bin froh, als sie nickt.

»Ja, ja, alles gut, fahr mal weiter, du musst doch bestimmt zur Schule. Bist du nicht ein bisschen spät dran?«

Jetzt garantiert, denke ich, sage aber, während ich auf das Rad steige: »Ach, das schaffe ich schon.«

»Aber nicht wieder so unvorsichtig«, höre ich sie noch mahnend sagen, »man hat nur ein Leben vom lieben Gott bekommen.«

Ich muss lächeln, weil er bei mir bestimmt eine Ausnahme gemacht hat, ich habe ganz sicher mindestens sieben Leben, wie mein Kater Majestix. Anderenfalls wäre ich bestimmt auch jetzt nicht so glimpflich davongekommen. Ich schicke ein Dankeschön nach oben und trete nach unten kräftig aus, also in die Pedale. Ich fürchte, das könnte knapp werden ohne Überschallgeschwindigkeit. Gar nicht gut.

Zwiefalten, mein Klassenlehrer, wird mich unangespitzt in die Erde rammen. Am ersten Schultag nach den Ferien zu spät zu kommen, betrachtet er ganz sicher als eine Frechheit, die er bestimmt persönlich nehmen wird.

Er nimmt vieles persönlich, was eigentlich mit ihm gar nichts zu tun hat. Das liegt wohl daran, dass die Schule für ihn ein eigenes Universum ist, in dem nur die Schüler stören. Da kann ich es fast verstehen, dass er seine Augenbrauen ständig so zusammenzieht, dass zwei steile Falten an seiner Nasenwurzel entstehen. Durch die hat er seinen Spitznamen »Zwiefalten« weg, eigentlich heißt er Bergmann, Stefan Bergmann. Witzig ist das aber nicht, wenn er diese Falten kriegt, denn dann ist er echt sauer und kann sehr unangenehm werden.

Das lässt sich aber jetzt auch nicht mehr ändern. Mir fällt nichts ein, wie ich ihn besänftigen könnte, und meine beiden Freundinnen, die vielleicht einen Tipp für mich hätten, sitzen garantiert schon brav in seinem Unterricht. Mist!

Papa meint ja, dass Bergmann wahrscheinlich zu den Menschen gehört, die nur Lehrer geworden sind, weil ihnen zu einem anderen Beruf der Mut gefehlt hat. Könnte sein, ich kann mir meinen Mathelehrer auch wirklich schlecht als Astronaut, Formel-1-Pilot, Geheimagent oder Tiefseetaucher vorstellen. Allenfalls als Zoowärter, aber das ist ja am Lehrerberuf ziemlich nah dran.

Ich erreiche die Schule zwanzig Minuten nach acht, kette das Fahrrad am Ständer fest und renne durch den unteren Flur. Hier liegen die Klassen der Fünften, die aber noch nicht da sind. Für die gibt es erst am Samstag eine feierliche Begrüßung in der Aula unseres Schulzentrums. Vier Klassen werden es sein und ich darf im Chor für sie singen.

»Freude, schöner Götterfunken, Tochter aus Elysium!« Ich muss spontan an Prinz Eron denken. Daher kam mir Elysium gleich so bekannt vor. Unsere Musiklehrerin ist sehr klassisch orientiert. Sie ist Japanerin und verehrt die deutschen Komponisten Beethoven und Bach. Erhaben muss es bei der sein. Na ja, passt zum Anlass und das Lachen wird den Fünfties schon noch früh genug vergehen.

»Aufenthaltsort der Seligen?!«, sage ich laut vor mich hin. Von wegen, ein Gymnasium ist schließlich kein Vergnügungspark! Jedenfalls nicht ständig. Manchmal ist es allerdings doch recht vergnüglich und darum gehe ich eigentlich auch ganz gern in die Schule. Jetzt allerdings grade mal wieder nicht.

Ich nehme die Treppe in den oberen Flur, zwei Stufen auf einmal. Da liegen die sechsten Klassen. Nur noch drei. Wir waren auch mal vier, aber nach dem ersten Jahr wechselt doch immer eine ganze Reihe von Leuten auf den Realschulzweig, dann werden die Klassen noch mal neu zusammengesetzt. Wenigstens sind meine Freundinnen und ich wieder in einer Klasse.

Ich habe ja gehofft, dass wir nicht nur ein paar neue Mitschüler, sondern auch eine neue Klassenlehrerin bekommen, denn ehrlich gesagt gibt es nettere Lehrer als ausgerechnet Zwiefalten. Überhaupt sollten Mathelehrer keine Klasse kriegen … Papa meint, denen fehlt oft das Gespür für das Zwischenmenschliche – und wenn sie dann noch so ein aufbrausendes Temperament haben wie Bergmann … hm, voll übel!

Wegen diesem Temperament stehe ich nun zögernd vor der Klassentür. Gleich wird mich Zwiefalten anschnauzen und ich werde vor Verlegenheit rot anlaufen wie ein Feuermelder und irgendeine dusselige Lüge als Ausrede erzählen. Dann werde ich mitten im Satz abbrechen, weil ich merke, wie dusselig die ist, und hilflos im Türrahmen kleben bleiben, bis er mich anraunzt, ob ich da festwachsen will. Gar keine guten Aussichten.

Meine Hand auf der Türklinke beginnt zu zittern. Nein, ich habe keinen Schiss … oder doch? Ein Kompass wäre jetzt nicht schlecht. So ein kleines Ding für die Hosentasche, dessen Nadel einem anzeigt, wo es im Leben grade mal wieder langgeht. Also nicht nur zum Nordpol, sondern in eine schönere und bessere Richtung als die, in der man soeben unterwegs ist. In Situationen wie dieser würde das echt Sinn machen, dafür wäre so ein richtungweisender Lebenskompass wirklich eine verdammt nützliche Erfindung. Diese Idee müsste man mal zur Serienreife entwickeln. So ein Teil fetzen einem die Leute garantiert aus der Hand und man ist in null Komma nichts Umsatzmillionär … äh … ja …

Man könnte so einen Kompass vielleicht mit einem Karabinerhaken an einer Gürtelschlaufe der Jeans befestigen und sogar im Unterricht zur Orientierung hin und wieder mal einen Blick drauf werfen.

Das schlage ich meinem Cousin Niko mal vor. Der ist ein richtiger Tüftler und erfindet ständig irgendetwas, vor allem natürlich Ausreden. Darin bin ich auch ganz gut … im Ausredenerfinden. Nur im Augenblick, da stehe ich echt auf dem Schlauch, denn Zwiefalten kann man nicht so leicht austricksen. Also zögere ich das Betreten der Klasse noch etwas hinaus.

Stattdessen überlege ich, was so ein Lebenskompass jetzt wohl anzeigen würde, wenn er wirklich an meinem Gürtel hinge? Garantiert würde die Nadel nicht auf die Klassentür, sondern in eine andere Richtung weisen … Vielleicht zur Schulcafeteria oder so, wo ich erst mal für den Rest der Stunde mein ausgefallenes Frühstück nachholen könnte. Da ließe es sich bis zur kleinen Pause gepflegt chillen.

Dann könnte ich meine besten Freundinnen Kristine und Johanna begrüßen und ganz normal, so als wäre nichts gewesen, mit ihnen in die nächste Stunde gehen.

Zwiefalten müsste sich nicht über mein Zuspätkommen aufregen und ich würde ihm morgen ganz entspannt eine von Mama geschriebene, ausgeklügelte Entschuldigung präsentieren. Alles wäre ohne Stress über die Bühne gegangen.

Ich ziehe meine schweißnasse Hand von der Klinke zurück.

Warum mache ich das eigentlich nicht?, frage ich mich. Und wie ich mich das noch frage, drehe ich mich auch schon herum und lenke meine Schritte, fest und zielstrebig, in Richtung Cafeteria. Ich hole mir einen Kakao am Automaten und besorge mir bei Frau Geiger am Tresen eine Apfeltasche. Mit beidem setze ich mich an einen Tisch am Fenster mit Aussicht auf den Schulhof, jetzt natürlich gähnend leer. Der Kakao ist heiß und die Apfeltasche noch warm. Herrlich! Ich lehne mich zurück, strecke die Beine aus und denke an Oma Petersen und ihre göttliche Weisheit über das Leben.

Wenn es schon so kostbar ist, dann sollte man es auch genießen, finde ich, es kann schließlich nicht dazu da sein, dass man wie ein wild gewordener Wischmopp durch es hindurchhetzt. Darüber denken die Menschen garantiert zu wenig nach. Sie würden sonst sicher viel tiefenentspannter sein … und netter zueinander.

Ich schließe die Augen und stelle mir vor, wie ich verspätet in meine Klasse komme und mein Klassenlehrer nicht grimmig die Augenbrauen zusammenzieht, sondern sehr freundlich und ehrlich besorgt sagt: »Lotte! Da bist du ja, wie schön! Ich habe mir schon Sorgen gemacht. Setz dich, dann erkläre ich dir rasch, was du bisher versäumt hast.«
Ich seufze. Schule könnte so schön sein.

»Wo kommst denn du jetzt noch her?!«, fragt mich meine Freundin Kristine, genannt Stine, als ich mit einer Anstandsfrist nach dem Pausenklingeln die Klasse betrete. Prima, ich atme erleichtert auf. Zwiefalten ist schon weg.
»Ich dachte, du bist krank.«
Es herrscht das übliche Gewusel in der Klasse, alles rennt hin und her oder klumpt sich in der Mitte zusammen. Ich muss mich erst mal wieder durch eine Gruppe von Jungs quetschen, die gebannt den Breakdancern zuschauen, bevor ich zu meinem Platz komme. Könnten ja auch mal ihr Rudel etwas auflockern.
Ich erreiche meine zweite Freundin Johanna, die mir offensichtlich einen Platz neben sich frei gehalten hat. Das ist schließlich wichtig, denn ohne Stine und Hanna an meiner Seite würde ich die Schule echt nicht aushalten.
»Hat Zwiefalten was gesagt, Hanna?«, frage ich dennoch etwas verunsichert. Bei dem weiß man ja nie.
Sie hockt auf dem Schultisch und lässt die Beine baumeln. Die stecken in Ballerinas und pastellfarbenen Leggings. Darüber trägt sie einen kurzen Rock und ein T-Shirt mit einem romantischen Print in Bonbonfarbe, was zu ihren langen

hellblonden Haaren super passt. Sie ist wirklich hübsch und ich hätte gern ihren tollen Teint. Ihr Lachen ist strahlend, als sie den Kopf schüttelt und sagt: »Vielleicht hat Zwiefalten gedacht, dass du jetzt in einer anderen Klasse bist.«

Ich grinse, denn die Vorstellung gefällt mir.

»Wäre 'ne gute Alternative, wenn ihr mitkämt«, sage ich.

Meine Freundinnen kichern.

»So toll ist die Auswahl leider nicht«, meint Stine und fährt sich mit der linken Hand durch ihren kurzen braunen Haarschopf. »Mrs Picklestone oder Frau Jedermann sind als Klassenlehrerinnen auch nicht grade ein Traum.«

Da hat sie zweifellos recht und mir wird wieder einmal klar, dass Schule in erster Linie überleben heißt, also eher wirklich kein Vergnügungspark ist.

Ich habe es wohl laut gesagt, denn Hanna stupst mich in die Seite und meint grinsend: »Warum so pessimistisch? Ist dir ein kleines hässliches Tierchen über die Leber gelaufen?«

»Falls du eine Laus meinst, kann ich dich beruhigen«, sage ich kichernd, »es war mindestens ein Elefant.«

Sie wollen mehr wissen, quetschen mich aus und ich erzähle. Als sie hören, dass ich in der Cafeteria war, wollen sie mir erst nicht glauben. Für so cool halten sie mich offenbar nicht.

»Doch«, bleibe ich unbeirrt, »seit heute weiß ich nämlich, wo's langgeht. Jedenfalls nicht immer geradeaus und auch nicht immer auf dem schnellsten Weg. Man muss sich für das Leben Zeit nehmen.«

Hanna tippt sich an die Stirn. »Hast du einen Philosophen gefrühstückt?«

Ich schüttle grinsend den Kopf. »Nee, Apfeltasche mit Kakao. Aber ich habe fast Oma Petersen umgefahren und die hat mir die Augen geöffnet.«

»Wow, Lotte hat ein Aha-Erlebnis gehabt! Sag Bescheid, wenn die Wirkung nachlässt und du wieder normal bist.«

Als Frau Weisgerber, unsere Deutschlehrerin, eintritt, rutscht Johanna vom Tisch und ich parke mich auf dem Stuhl neben ihr, fest entschlossen, diesen Platz zwischen meinen Freundinnen notfalls auch gegen Zwiefalten zu verteidigen. Der hat uns im letzten Schuljahr öfters wegen Schwätzens auseinandergesetzt. Frau Weisgerber tut so etwas nicht. Aber bei der passe ich ja auch fast immer auf. Ich mag Deutsch nämlich. Es ist die Sprache der Dichter und Denker, sagt Oma Petersen, und ich lese sehr gerne und viel. Besonders die Saga von Elysium, klar, wegen Prinz Eron!

Das mit dem Denken muss ich allerdings noch etwas üben, aber ich glaube, seit heute bin ich auf einem guten Weg. Man muss sich selbst auf Erfolg programmieren, nicht auf Versagen, wenn man das Leben meistern will. Ich versuch das jetzt einfach. *g*

»Weihst du mich mal in deine neu gewonnene Weisheit ein?«, zischelt Stine mir zu, als sie ebenfalls Platz nimmt.

»Es wird nicht gezischelt«, sagt Frau Weisgerber bestimmt. »Ruhe, bitte.«

Ich nicke. Obwohl ich eigentlich gar nicht weiß, was ich Stine sagen soll. Das mit dem kleinen Lebenskompass ist doch eher etwas peinlich. Oder?

Wer sitzt denn da?

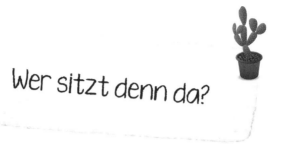

Ich fühle mich stark! Der Zaubertrank, den Prinz Eron mir gegeben hat, verleiht mir ungeahnte Kräfte. Ich stehe auf einem Plateau über den Wolken vor einer finsteren Höhle. Darin schläft der Drache, welcher seit ewigen Zeiten das Land Elysium mit seinem feurigen Atem verwüstet. Eine heiße Flamme züngelt aus der Dunkelheit, dann bebt die Erde und er steht vor mir, mit dampfenden Nüstern und seinen gelben, glühenden Augen … unsere Blicke sinken ineinander, verklammern sich, ringen sich gegenseitig nieder …

»Lotte? Träumst du? Komm mal wieder zu uns in die Klasse zurück!« Frau Weisgerbers freundliche Ermahnung bricht den Bann. Durch dunkle, blitzende Gewitterwolken stürze ich aus meinem Traumland heraus und lande in der momentan echt gemütlicheren Deutschstunde.

Okay, ausgeträumt, Lotte, denk mal an deine Noten und beteilige dich ein bisschen am Unterricht. Prinz Eron und Elysium haben in deinem Kopf grade wirklich nichts verloren und Feuer speiende Drachen schon gar nicht. Ist schließlich nicht Mathe bei Zwiefalten! *g*

Erst jetzt fällt mein Blick auf die neue Mitschülerin. Es lässt sich nicht vermeiden, dass ich sie reichlich penetrant anstarre, denn unsere Bänke stehen in einem U und wir sitzen uns in jeweils einem der Schenkel genau gegenüber.

Als ich über meinem Schultisch wieder auftauche, unter dem ich soeben die Deutschsachen aus meiner Tasche gekramt habe, schauen wir uns genau in die Augen.

Sofort habe ich das Gefühl, mit ihr in einem Zwinker-Wettstreit zu stehen, so sehr nagelt sie mich mit ihrem Blick fest. Okay, denke ich, kannst du haben, und lasse mich in die dunklen Wasser ihrer fast schwarzen Augen fallen. Auf zum visuellen Ringkampf. Aber nimm dich in Acht, ich habe erst heute Nacht einen Feuer speienden Drachen in dieser Disziplin besiegt und Elysium dadurch gerettet! Da werde ich doch wohl auch eine neue Mitschülerin zum Zwinkern bringen können.

Ich habe keinen Schimmer, wer gewonnen hätte, denn als ich vor Anstrengung schon leicht zittere und mir eine Gänsehaut den Nacken hochkriecht, latscht Frau Weisgerber in unsere Blickachse, baut sich mit dem Rücken zu mir vor der Neuen auf und flötet: »Ach, eine neue Schülerin, wie nett! Willst du dich nicht mal vorstellen?«

Ich schließe einen Moment die Lider und entspanne meine Augäpfel, die kurz davor standen, mir aus dem Kopf zu springen. Puh!

»Ist was mit dir?«, fragt Hanna flüsternd. »Warum stöhnst du so?«

»Äh nichts«, blocke ich erst mal ab, »erzähl ich dir später.«

Frau Weisgerber hat wieder am Lehrertisch Platz genommen und ich lenke meine Aufmerksamkeit zurück auf die Neue. Wieder begegnen sich unsere Blicke und sie grinst mich ziemlich selbstgefällig an. Ich puste ein verächtliches »Pfff« aus. Die tut ja gerade so, als hätte sie gewonnen, dabei war es allenfalls ein Unentschieden wegen Spielabbruchs.

Ich schaue sie mir genauer an. Wie sieht die überhaupt aus?

Jetzt setzt sie sich ziemlich aufrecht hin und beantwortet Frau Weisgerbers Frage, allerdings ohne dabei den Mund wesentlich zu öffnen. Ihre Worte klingen also reichlich gequetscht. Hat sie schlechte Zähne oder eine Zahnspange?

»Ich bin Céline und wohne im Internat der Schule.«

Wir starren sie erwartungsvoll an, aber das war es. Sie lehnt sich relaxt zurück und kippelt mit dem Stuhl. Das sollte sie mal besser lassen, wenn sie keinen Ärger will.

Sie ist braun gebrannt, sehr braun, das sieht nicht nur nach Sommerferien aus, wie bei den anderen Mitschülern, sondern so, als wäre sie im Assi-Toaster vergessen worden.

Ihr Haar ist schwarz, ziemlich kräftig und wirkt widerspenstig. Es scheint sich von Natur aus zu kringeln. Voll die Powermähne, die sie offenbar mit kleinen Zöpfchen zu bändigen versucht.

Hanna stößt mich mit dem Ellbogen an. »Ist die hochbegabt?«, wispert sie. Die Frage ist berechtigt, denn im Internat sind überwiegend hyperintelligente Nerds. Ich zucke mit den Schultern. Woher soll ich das wissen? Aber dass sie ein Freak ist, sieht man natürlich an ihren Klamotten und dem ganzen Ethno-Styling, diesen Perlenschnüren in den Haaren und den Boots mit den Fransen zu Indie-Rock und Batik-Top. Total abgefahren exotisch. Aber hochnäsig scheint sie auch zu sein.

Als Frau Weisgerber sie nämlich nach ihren Eltern fragt,

weil ihr Célines Selbstauskunft wohl zu knapp geraten ist, schaut sie reichlich arrogant über ihre Nase und sagt ultrakurz: »Tut das was zur Sache? Die gehen doch nicht hier zur Schule, sondern ich.« Batsch! Das kam an wie eine Ohrfeige. Ich ducke mich unwillkürlich. Frau Weisgerber verschlägt es die Sprache und meinen Mitschülern auch.

Sogar das permanente Gemurmel der Jungen, welches normalerweise den Unterricht wie das Hintergrundgeräusch des Urknalls im Universum begleitet, ist verstummt. Gleichzeitig richten sich alle Augen auf Céline.

»Was geht denn mit der?«, zischt Johanna mir zu. Das wüsste ich auch gerne. Wieso macht sie so ein Geheimnis aus ihren Eltern?

»Sind die im Knast?«, blubbert Marcel, unsere Oberbratze, in die Klasse und erntet natürlich wieherndes Gelächter. Da hat er seinem Rang als Klassenclown mal wieder alle Ehre gemacht. Dumpfbacke!

Frau Weisgerber findet seinen Spruch jedoch alles andere als lustig. »Melde dich, Marcel, wenn du etwas beizutragen hast«, weist sie ihn zurecht. »Und entschuldige dich bei Céline.«

»Wieso?«, mauert der. »Vielleicht stimmt es ja oder warum sagt sie nix?«

»Das ist hier nicht das Thema«, entgegnet Frau Weisgerber und weil ihr die Sache offenbar zu heikel wird, wendet sie sich an die Neue und meint: »Wenn du es nicht möchtest, brauchst du Fragen zu deinen Eltern natürlich nicht beantworten.« Dann fordert sie die Klasse auf, nun unsererseits Céline zu befragen. »Es gibt doch sicher einiges, was ihr gerne wissen wollt.«

Da hat sie den Ball aber elegant abgespielt. Ich muss grinsen, denn man sieht ihr die Erleichterung deutlich an.

Robert meldet sich. Ich kenne ihn aus der Grundschule. Er nennt sich jetzt allerdings Robroy und ist der Chef der Board-Brothers, einer Skater-Gang, die in der Klasse mehr oder weniger den Ton angibt. Nicht weil die alle Machos wären, sondern weil die ständig in Bewegung sind. Wo die Jungs auftauchen, ist Action. Die können einfach nicht still sitzen und in jeder Pause rappen und dancen die ab wie die Teufel.

Zwiefalten hätte die allesamt am liebsten auf die Realschule verschoben, aber Robroy hat dafür einfach zu gute Noten, außerdem ist er im letzten Jahr Klassensprecher gewesen.

Ich mag ihn ganz gerne, denn er war ein guter Kumpel damals, in der Grundschule. Er nimmt auch Klavierstunde bei Oma Petersen und wir begegnen uns da manchmal, wenn ich komme und er geht. Außerdem hat er sich bei meinem Dad Fische für sein Aquarium gekauft. Guppys und Schwertträger und einen Wels. Zu süß! Äh, der Wels!

Robroy grinst Céline an. »Erzähl doch mal, was du für Hobbys hast. Ich skate.«

Die Frage hat er geschickt gestellt, finde ich. Dadurch, dass er ihr etwas über sich verraten hat, sollte es ihr leichter fallen, von sich ebenfalls was preiszugeben. Tut sie auch.

»Ich nicht«, sagt sie, »genau genommen hasse ich Skater. Ich sammle Schrumpfköpfe.«

Ich beobachte sie genau und es ist nicht zu übersehen, dass sie die erstaunte Stille nach ihrer provozierenden Bemerkung genießt. Reine Effekthascherei!

»Schade«, bleibt Robroy allerdings gechillt, »wir sind eigentlich ein ziemlich cooler Haufen. Na ja, wirst du schon noch merken. Ich bin übrigens noch bis zur Neuwahl der Klassensprecher, falls du mal ein Problem hast, wende dich ruhig an mich.«

Er grinst und tippt sich bei seinen nächsten Worten mit dem Zeigefinger an die eigene Brust. »Hier werden Sie geholfen.«

Céline saugt sich jetzt ebenso wie bei mir an seinen Augen fest. Die beiden starren sich einen sprachlosen Moment an, dann löst sie ihren Blick und sagt kaum hörbar: »Danke, aber das wird nicht nötig sein.«

In der Stille, die in der Klasse herrscht, hätte man eine Feder zu Boden fallen hören, und weil mich Célines ganzes Verhalten zunehmend nervt, sage ich plötzlich völlig unkontrolliert: »Da wäre ich mir an deiner Stelle nicht so sicher.«

Ich weiß auch nicht, was mich da geritten hat. Frau Weisgerber wirkt jedenfalls sehr überrascht, die Neue nicht minder.

»Soll das eine Drohung sein?«, fragt sie schnippisch. OMG, nein!

»Äh, nein! Natürlich nicht! Ich, äh … meine ja nur …«

»Und deine MEINUNG ist hier gefragt? Bist du auch Klassensprecher?«

Ich schüttle den Kopf und merke, wie mir das Blut in die Wangen schießt. So peinlich habe ich mich schon lange nicht mehr gefühlt.

Blöde Kuh, denke ich, ich sage jetzt gar nichts mehr. Sieh doch zu, wie du klarkommst. Das geht mir sonst wo vorbei! Meine Geduld mit ihr ist jetzt echt am Ende und ich habe das sichere Gefühl, dass diese Céline und ich in Zukunft ganz gewiss keine Freundinnen werden.

Ich weiß nicht, ob Frau Weisgerber einen ähnlichen Eindruck hat, jedenfalls beendet sie das Geplänkel.

»Nun, ich denke, ihr werdet euch schon noch kennenlernen«, sagt sie vermittelnd mit warmer Stimme. »Nehmt Céline bitte freundlich auf und ermöglicht ihr eine rasche Integration in die Klassengemeinschaft, damit sie sich schnell eingewöhnt und bald bei uns wohlfühlt.«

»Will sie das überhaupt?«, flüstere ich zu Stine rüber. »Sich integrieren?«

Die grinst. »Da wird ihr wohl nichts anderes übrig bleiben«, wispert sie zurück. »So cool ist es auch nicht, Außenseiterin zu sein. Die merkt das schon noch und dann kann sie sich auf ihre Arroganz ein Ei pellen.«

»Ich wette, die kommt bald angekrochen«, stellt auch Johanna klar. »Ein Mädchen braucht einfach Freundinnen.«

Aber da bin ich mir bei der keineswegs sicher. Die Zwinker-nicht-Situation zwischen uns hat mir nämlich eines glasklargemacht: dass Céline ein ungewöhnlich starkes Mädchen zu sein scheint, das ganz bestimmt nicht so leicht einknicken wird, wie sich meine Freundinnen das wohl vorstellen. Ich will damit nicht sagen, dass sie über Leichen gehen würde, aber die Frage darf doch wohl erlaubt sein, wessen Schrumpfköpfe das sind, die sie angeblich sammelt?!

Nein, selbst wenn das nur ein makabrer Gag von ihr gewesen sein sollte, ich bin mir absolut sicher, dass sich hinter ihrer Aura der Unnahbarkeit irgendein dunkles Geheimnis verbirgt. Sehr dunkel vermutlich!

Problembärin voraus!

Die schwarze Hexe Grusilla steht über ihren dampfenden Hexenkessel gebeugt. Sie hält ein Bündel Schrumpfköpfe in der Hand und wirft einen nach dem anderen in die brodelnde Brühe. Eklige grünliche Blasen quellen auf und es stinkt ganz grauenhaft ...

Neben mir in der Kabine betätigt jemand die Toilettenspülung. Na, das war auch mehr als nötig!

Ich spüle ebenfalls. Eigentlich hasse ich es, aufs Schulklo zu gehen. Das ist mir immer viel zu versifft. Ich öffne die über und über mit Sprüchen beschmierte Tür.

Ein Lippenstiftherz fällt mir dabei ins Auge. *Für Eron von Elysium* steht darin. Eine der vielen Fanbotschaften, die es bis in unsere Mädchentoilette geschafft haben. Natürlich habe ich sie alle, auf der Kloschüssel hockend, zum x-ten Mal abgecheckt und dabei meine Fantasie schweifen lassen. Bis mich die Pupse von nebenan fast erstickt hätten! Puh!!!

»Wo bleibst du denn, Lotte?«, fragt Hanna drängelnd, so als würde echt was total Wichtiges auf uns warten. Dabei ist es doch nur die öde Englischstunde mit langweiligem Grammatikunterricht bei Mrs Picklestone.

Ich mag Englisch ja, besonders englische Popsongs, aber Grammatik … echt grausam.

»Nun mach mal«, entwickelt Hanna auch beim Händewaschen ungewöhnliche Hektik. »Wir müssen doch noch reden …«

»Reden?« Ich bin nicht orientiert. Muss an Elysium liegen, manchmal fällt mir das Umschalten aus der Fantasy-Welt in die platte Normalität des Schulalltags doch ein bisschen schwer.

»Na, über …« Hanna senkt die Stimme und flüstert verschwörerisch: »Über … du weißt schon wen …«

Ich stehe noch immer auf dem Schlauch und schaue sie mit zwei großen Fragezeichen in den Augen an.

Stine schaltet sich ein. »Die Neue«, sagt sie knapp und sachlich, wie es ihre Art ist.

Ach ja, na klar, selbstverständlich. Das ist ja voll die Sensation des Tages.

Hm, mal wieder keine Handtücher im Spender, also trockne ich die nassen Hände an meiner Jeans ab. Wäre ja nicht schlecht, wenn wenigstens zur großen Pause mal genügend Papierhandtücher vorhanden wären. Ich denke, es geht uns so gut in Deutschland? Auf den Schultoiletten aber wohl eher nicht. Können die nicht woanders sparen?

Okay, wir ziehen also hinaus auf den Schulhof an einen angenehmeren Ort zum Schwatzen.

Hanna gibt mir mein Pausenbrot zurück, das sie freundlicherweise gehalten hat, während ich auf Sitzung war. Unter der Kastanie wickle ich es aus und lasse es mir schmecken.

Hab ich einen Hunger, so eine Apfeltasche am Morgen hält scheinbar nicht so lange vor wie das Birchermüsli von Mama.

Ich muss grinsen, die kleine Spontanpause in der Cafeteria war doch mal eine echt coole Aktion. Ohne die wäre ich schon in der Deutschstunde wegen Unterernährung mit einem Schwächeanfall vom Stuhl gekippt.

Nein, ich bin nicht wirklich verfressen, aber oft ziemlich hungrig. Echt, da könnte ich dann ein ganzes Spanferkel verdrücken, was ich natürlich nicht tue, denn ich esse keine Babytiere. Das würde mir Johanna nämlich sehr übel nehmen. Sie isst nur vegetarisch, also gar kein Fleisch. Sie behauptet, es wäre gut gegen Pickel. Dabei hat sie überhaupt keine! Hm, vielleicht genau deswegen?

Muss ich mal mit ihr besprechen. Ich notiere in meinem Seitenhirn: *Pickelfrage mit Hanna klären! Muss ich auf Fleisch verzichten?*

Allerdings ist das schon ziemlich zugemüllt, also mein Seitenhirn. Das ist nämlich so eine Art Pinnboard in meinem Kopf, wo ich wesentliche Fragen meines Lebens abspeichere, die dringend mal geklärt werden müssten. Sollte eigentlich regelmäßig geleert werden, weil es sonst überquillt ... ähm ... ja.

Okay, wo war ich grade ... ach ja, beim Fleischverzicht. Hm, bei meinem gelegentlichen Heißhunger würde ich mit Grünzeug und Körnern allein bestimmt nicht hinkommen. Außerdem meint Papa, der Mensch sei ein Allesfresser und ich würde schließlich noch wachsen. Da sei eine ausgewogene Ernährung wichtig. Womit er wohl recht haben wird. Ohne die scharfe Teufelswurst wäre meine Lieblingspizza »Diavolo« sicher auch nur halb so lecker.

»Also die Neue«, komme ich nun mit vollem Mund kauend zum Thema. »Die ist ja wohl reichlich durchgeknallt.«

Stine kichert, aber Hanna sagt mit düsterer Miene: »Die ist mir total unheimlich. Was die da über ihr Hobby gesagt hat …«

Scheinbar will sie das Wort *Schrumpfköpfe* nicht in den Mund nehmen. »Gibt es das überhaupt? Kann man so was sammeln?«

»Klar gibt es das«, meint Stine und googelt es sicherheitshalber mal schnell auf ihrem Smartphone. Danach erklärt sie uns: »Bei bestimmten Naturvölkern in Amazonien galten Schrumpfköpfe als Glücksbringer. Die haben in früheren Zeiten die Köpfe ihrer getöteten Feinde nach einer besonderen Methode eingeschrumpft und als Trophäen am Gürtel getragen.« Öhm … grusel!

Stine kichert schon wieder, was Hanna nervt. Mich jetzt ebenfalls.

»Was gibt's denn da zu kichern? Ich finde diese Céline frech und gar nicht lustig. Die spinnt doch komplett, oder?«

»Klar spinnt die, aber das macht sie auch total interessant. Mal was anderes.«

Stine erstaunt mich. Sie ist eigentlich eher die Vernünftige in unserem Mädchentrio. Darum haben wir sie ja auch zur Schriftführerin unseres GIRLS-Clubs gemacht.

Dass sie so auf diese Céline abfährt, hätte ich nicht erwartet. Hanna wohl auch nicht.

»Warte ab, bis sie deinen Schrumpfkopf ihrer Sammlung hinzufügt«, sagt sie grade ohne jeden Humor. Es klingt, als würde sie das tatsächlich für möglich halten, was mir echt zu denken gibt, denn auch auf mich hat diese Céline einen ausgesprochen merkwürdigen Eindruck gemacht.

»Glaubt ihr, die ist normal?«, frage ich aus diesen Gedanken heraus. »Wie die mir in die Augen gestarrt hat … das war die reinste Kampfansage.«

»Echt?« Stine wirkt verwundert. »Ist mir nicht aufgefallen.«

»Sie wollte mich zum Zwinkern zwingen.«

»Ach so, und du hast nichts anderes zu tun gehabt, als dich darauf einzulassen?«

»Was sollte ich denn machen … entzieh du dich mal diesen schwarzen magischen Augen von ihr …« Und während ich das sage, kommt mir die Hexe Grusilla aus Elysium in den Sinn, die Augen so schwarz wie Oliven hat und deren Haare wie Draht sind und darum mit Perlenschnüren gebändigt werden müssen, genau wie bei Céline …

»Sie bringt bestimmt Unglück«, rutscht es mir heraus.

Meine vernünftige Freundin Stine fasst sich ans Hirn. »Geht's noch? Sie ist ein Mädchen wie wir!«

»Ich weiß nicht«, schlägt Hanna sich auf meine Seite. »Ich will ja den Teufel nicht an die Wand malen, aber ich habe kein gutes Gefühl. Die macht garantiert Ärger. Schon bei Zwiefalten hat sie sich so komisch aufgeführt.«

Meine Neugier verstärkt sich. »Was war denn da?«

»Na ja, er hat sie in der ersten Stunde vorgestellt und gefragt, ob sie etwas von sich erzählen möchte, und da hat sie glatt gesagt, er wäre für sie ja auch neu, ob er mit dem Erzählen nicht mal anfangen wolle.«

»Nicht wirklich?!« Mir bleibt echt die Spucke weg. »Ist die lebensmüde? Wie hat er reagiert?«

»Gar nicht, äh, eigentlich. Er hat sie einen Moment angestarrt, hat gemurmelt ›Das klären wir noch‹ und ist dann an die Tafel gegangen, um die Matheaufgabe anzuschreiben. Wenn du mich fragst, hat sie bei ihm gleich vollkommen verschissen.«

Ich nicke und sage beim Klingeln: »Irgendwas stimmt mit der nicht. Warum erzählt sie nichts über sich und ihre Eltern? Sind die wirklich im Knast? Ist sie deshalb im Internat, weil sich niemand um sie kümmert?«

Stine zeigt uns einen Vogel, etwas, was sie nur tut, wenn sie wirklich an unserem Verstand zweifelt.

»Mensch, Leute! Ihr seid ja schlimmer als Marcel. Die ist vielleicht einfach nur schüchtern …«

Nun muss ich ihr aber ins Wort fallen. »SCHÜCHTERN? DIE? Entschuldige mal, wenn die schüchtern ist, dann ist Mrs Picklestone eine aufgekratzte Knalltüte! Ich finde Céline total eingebildet und arrogant, wenn ihr meine Meinung wissen wollt.« Uups, das kam jetzt wohl ein bisschen ruppig rüber.

Stine schaut mich erstaunt an. Sie ist Temperamentsausbrüche bei mir zwar gewöhnt, aber diese Heftigkeit hat sie wohl verwundert. Wir sind inzwischen jedoch vor der Klasse angekommen, wo sich bereits wieder die Board-Brothers tummeln, und so fragt sie nur: »Wollen wir uns heut Nachmittag bei euch in der Gärtnerei darüber unterhalten?«

Stimmt, heute ist ja Papa-Tag bei mir. Hab ich in der Hektik am Morgen völlig vergessen.

»Ja, können wir machen, ein Clubtreffen steht eh mal wieder an. Kannst du auch, Hanna?«

»Geht es am Spätnachmittag, ich hab noch Ballettstunde?«

Wir quetschen uns durch die Schaulustigen hindurch in die Klasse, die Robroy & friends beim Breakdancen zugucken. Unser Treffen ist verabredet.

»Okay, Girls«, sage ich verschwörerisch hinter vorgehaltener Hand, »dann schauen wir mal, was sonst noch mit der Neuen so geht!«

»Hat jemand meinen Schlüsselbund gesehen?«, dringt mir die nervöse Frage meiner Englischlehrerin ans Ohr und holt mich aus meinen Träumen in die Klasse zurück.

Dass Mrs Picklestone aber auch nie ihre Schlüssel im Griff hat. Nun gut, die Klasse auch nicht ... wie es mit ihrem Leben aussieht, wage ich nicht zu beurteilen, aber so doll kann es damit ebenfalls nicht stehen, denn sie gilt als verschrobene alte Jungfer, über die besonders die Jungs ständig abläster. Dabei ist sie, glaube ich, sogar jünger als meine Mama und die ist total schick und steht voll im Leben! Vergesslich ist sie auch nicht, es sei denn, sie ist krank, so wie heute. Aber das ist eine absolute Ausnahme, während es bei meiner Englischlehrerin eher der Normalfall ist.

Na ja, Mrs Picklestone muss wirklich nicht meine Sorge sein, dennoch bemühe ich mich, ihr zu helfen. Wenn sie schon so ein freudloses Leben hat, soll sie schließlich nicht auch noch an der Suche nach ihrem Schlüsselbund verzweifeln.

Ich spritze also mit den Worten »Vielleicht ist er runtergefallen« von meinem Platz hoch, düse nach vorne zum Lehrertisch, falle auf die Knie – autsch! – und suche darunter nach dem Bund. Äh, ja ... ich bin manchmal wirklich bescheuert und mache so was Unüberlegtes.

Marcel schmeißt sein Mäppchen nach mir und das landet genau auf meinem nach oben gestreckten Po. Klotzkopf, doofer! Das Hintergrundgeräusch des Universums schwillt auf Urknallstärke an. Nicht nur die Jungs wiehern, sondern auch die Chicks gackern, als ob ein Fuchs in ihren Hühnerstall eingebrochen wäre.

Na klar, Viola macht ihrem Namen alle Ehre und klingt dabei wie eine quietschende Geige. Sagte ich schon, dass wir nicht grade die allerbesten Freundinnen sind? Nein? Na gut, dann wisst ihr es jetzt: Viola und ich SIND NICHT DIE ALLERBESTEN FREUNDINNEN! Ein Mädchen, das wie eine verstimmte Geige lacht, wenn ein Junge einem anderen Mädchen was aufs Gesäß schleudert, kann niemals zu den GIRLS gehören. Unsere Clique lacht nicht über so was. Spaß auf Kosten anderer zu haben, gehört nicht zu unseren Club-Standards.

Nein, das ist nicht langweilig, sondern korrekt. Ich rappele mich auf und halte den Schlüsselbund hoch, der tatsächlich unter den Lehrertisch gerutscht war.

Die netten Jungs applaudieren und Mrs Picklestone lächelt mir dankbar und erleichtert zu. Mit ein bisschen Sonnenglanz auf dem Gesicht sieht sie gleich viel sympathischer aus. Hm, vielleicht ist sie gar nicht so vertrocknet, wie es scheint?

Ich beuge mich noch mal runter und hebe Marcels Mäppchen auf. Aus dem Augenwinkel sehe ich, wie er aufstehen will, um es sich zurückzuholen.

Das glaubst du aber auch nur, denke ich fies und reiche es zu Mrs Picklestone rüber. So respektlos gehst du nicht mit mir um, du Matschbirne!

»Oder soll ich es beim Hausmeister abgeben? Keine Ahnung, warum das Ding so herrenlos in der Klasse rumliegt.«

Mrs Picklestone, den Schlüsselbund umklammernd, nickt zustimmend. »Well done, dear!« Dann wendet sie sich an die Klasse: »Open your books, please, lesson one ... Harolds and Marys new neighbours ...«

Ich schreite zu meinem Platz und wedle beim Vorbeigehen Marcel mit dem Mäppchen vor der Nase herum.

»Du kannst erst mal mit Spucke an den Fingern schreiben«, zische ich ihm zu. »Das geht jetzt nämlich in die Fundstelle ... da musste einen Antrag beim Hausmeister stellen, ehe du es wiederkriegst.«

Er ist sauer und knurrt wütend mit rotem Kopf: »Lolli, dich krieg ich noch!« Doch Mrs Picklestone hat das Geplänkel mitbekommen und nimmt ihn dran. Das stopft ihm seinen frechen Rachen mit englischen Vokabeln. *g*

Zufrieden setze ich mich neben Hanna, krame mein noch fast druckfrisches, neues Englischbuch raus und schlage es auf.

Als ich aufschaue, starren mich die Hexenaugen von Céline finster an. Okay, sie sind halt sehr dunkel, da wirkt das eben so, dennoch ... sie hat etwas Widerborstiges, Herausforderndes. Außerdem schaut sie sehr arrogant über ihre Nasenspitze, womit sie selbst unserer Wohlstandszicke Viola Konkurrenz machen könnte. Dabei habe ich ärgerlicherweise auch noch den dummen Eindruck, als würde sie ohne Worte gerade »Schleimerin« zu mir sagen.

Verwirrt beuge ich mich zu Hanna rüber und wispere: »War das jetzt falsch, dass ich den Schlüssel aufgehoben habe? Ich meine ... war das geschleimt?«

Hanna schüttelt den Kopf, sieht aber weiter in die Lesson.
»Quatsch, wie kommst du darauf?«
»Nur so, ich will natürlich nicht als Schleimer vor Céline dastehen.«

Nun dreht sie sich abrupt zu mir und ihr Blick ist völlig verständnislos. »Was interessiert dich denn deren Meinung?«, fragt sie verwirrt.

Ich merke, wie ich rot werde. »Äh, gar nicht«, flüstere ich, »äh, die interessiert mich natürlich überhaupt nicht … kein bisschen, echt …«

Und weil Mrs Picklestone mich nun aufruft, muss ich schnell den Anschluss im Buch suchen und kann mir weder über Hexen oder Schlüssel noch über Schleimer Gedanken machen.

Dennoch – diese Céline nervt!

Hilfe, das Klo spuckt!

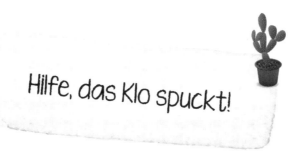

Auf dem Weg zu Prinz Erons Schloss müssen wir nun den saugenden Sumpf durchqueren, er verschlingt alles, was von dem einzig sicheren Pfad abkommt. Neben mir blubbert der Schlick mit unheimlichem Gurgeln. Plötzlich schießt explosionsartig eine Schlammfontäne aus seinen Tiefen hoch, aus welcher Dutzende von glitschigen Kröten auf uns herabregnen ...

In der Fünf-Minuten-Pause geht auf WhatsApp eine Antwort-Message von meinem Cousin Niko, dem Tüftler, ein. Diesem technischen Genie habe ich nämlich heute früh, noch während ich genüsslich meinen Kakao in der Cafeteria schlürfte, eine Anfrage geschickt, ob man meinen Lebenskompass nicht zur Serienreife entwickeln könnte. Das wäre sicher ein gewaltiger Schritt für die Menschheit, interessiert mich also wirklich brennend. Mal sehen, wie er die Sache einschätzt.
Betreff: Lebenskompass.
Bezeichnung old school, Idee nicht schlecht. Bedarf und Markt sicher da. Mache mir Gedanken über technische Umsetzung. Könntest schon mal Patent anmelden. Niko
Cool, schreibe ich zurück, *machst dich echt um die Menschheit verdient. Lotte*

Kann allerdings noch dauern. Schade, dabei könnte ich ihn grade jetzt mal wieder gut gebrauchen.

Wir sind im Musikraum und proben zum gefühlt tausendsten Mal unseren Auftritt für das Begrüßungsfest der Fünften. Frau Yamamoto – sie ist mit einem Deutschen verheiratet und sieht total süß aus – treibt dafür einen Aufwand, als sollten wir irgendeinen hochkarätigen Chor-Wettstreit gewinnen. Gähn! Meine Gedanken beginnen abzuschweifen. Ich hasse ständige Wiederholungen, die kosten doch wirklich nur unnötige Lebenszeit. Mein Lebenskompass würde das sicher ganz genauso sehen und die Nadel bestimmt auf FLUCHT springen.

Gehe in die nächste Eisdiele, begib dich ohne Zögern direkt dorthin, bestell einen Knusperbecher und knuspere ihn bis zum Ende der Musikstunde genüsslich auf. Dann gehe beschwingten Schrittes nach Hause.

Hm, keine schlechte Idee! Aber damit wäre ich gleich wieder beim nächsten Problem. Wo genau ist mein Zuhause?

Nein, ich spreche von keiner grundlegenden Entscheidung, die ist mir ja bei der Trennung meiner Eltern erspart geblieben, weil mich beide gleich lieb haben und ich sie auch. Darum habe ich die Hälfte der Woche Mama-Tage und die andere Hälfte Papa-Tage. Eigentlich eine perfekte Lösung, bis sie wieder zusammenziehen. Und das werden sie garantiert, wieder zusammenziehen, schließlich habe ich da ein geheimes Projekt … okay, dazu später mal mehr.

Also, heute ist Papa-Tag, aber eigentlich müsste ich Mam ein bisschen unterstützen, wo sie doch krank ist. Die kümmert sich ja um mich auch immer so total lieb. Doch andererseits will ich mich auch nicht anstecken und ein Club-Treffen in der Gärtnerei, so nahe bei Célines Internat, ist ja schon sehr viel spannender als Krankenpflege bei einer verschnupften Mutter. Vermutlich würde ich ihr sowieso nur auf die Nerven gehen. Sie zieht bestimmt einen ruhigen Tag allein im Bett vor.

Hm, wo würde so ein Lebenskompass in einer solchen Situation wohl hindeuten? Gar nicht einfach. Ich schließe die Augen und sehe die Nadel förmlich vor mir, wie sie zittert ... aber eindeutig ausschlagen tut sie nicht. Blöd!

Nu, entscheide dich, *Mama oder Papa*, denke ich beschwörend ... als mich die wie ein Zwitschern klingende Stimme von Frau Yamamoto aus meinen Überlegungen reißt.

»Lotte! Träumst du schon wieder? Du hast deinen Einsatz verpasst. Du musst dich wirklich besser konzentrieren, wenn Samstag bei der Feier alles klappen soll.«

Sie hat ja recht und ich bekomme auch gleich ein schlechtes Gewissen, ziehe den Blick von der immer noch unschlüssig vibrierenden Nadel meines inneren Kompass ab und richte ihn auf die Stimmgabel in der Hand von Frau Yamamoto.

Sie schlägt damit noch einmal den Kammerton A an und diesmal stimme ich sofort mit allen anderen zusammen unsere *Ode an die Freude* an, mit der wir den neuen Fünften weismachen sollen, dass die erste Klasse auf dem Gymnasium ein Hort der Seligen ist und nicht etwa bloß eine ziemlich nervige und anstrengende Übergangsstation, in der noch einmal alle Schüler auf ihre Tauglichkeit für höhere Bildung und Lernanforderungen gründlich durchgesiebt werden.

Klar, warum soll man ihnen die Hoffnung auf das Paradies

nicht noch ein bisschen lassen und ab der Sechsten geht dann sowieso alles easy-peasy. Das meint jedenfalls Niko, der ja immerhin schon in der Siebten ist und es darum wissen muss.

Ich finde Schule wirklich nicht so übel und ehrlich gesagt hat man ja in meinem Alter auch gar keine Alternativen. Ist doch so. Das Leben ist leider kein Supermarkt, wo man quasi die freie Auswahl hätte. Was an sich ja auch gut ist, denn sonst würde *ich* zumindest völlig die Orientierung verlieren.

Ich brauche mir nur vorstellen, dass ich einfach mal morgens meiner Mutter sage, dass ich bis mittags im Bett bleiben will, weil ich am späteren Abend mit der Band aus dem Jugendzentrum meine Weltkarriere als Popstar starten muss. Die würde mich doch ohne weitere Nachfrage in die Psychiatrie einweisen lassen, wo man auf das Entfernen von Rosinen im Kopf bestens eingerichtet ist.

Nö, da juble ich doch lieber den Fünfties die Ohren voll, lass den Götterfunken wie ein Feuerwerk sprühen und versuche, dem Geheimnis unserer neuen Mitschülerin auf die Spur zu kommen. Denn ein Geheimnis hat die, da beißt die Maus keinen Faden ab, und ich komme ihr mithilfe meiner Freundinnen garantiert ganz schnell auf die Schliche.

Während ich also zum x-ten Mal versuche, Beethovens Töne zu treffen und meine Gedanken dabei ins Schweben geraten, riskiere ich noch mal einen Blick auf meinen inneren Kompass. Das kann ja sonst ins Uferlose führen. Wow, die Nadel hat sich tatsächlich doch noch bewegt und zeigt ganz eindeutig auf MAMA ANRUFEN UND HILFE ANBIETEN!

Okay, das ist ein Notfall, jedenfalls nach Lotte-Definition.

Eigentlich ist es nämlich eher ein Verstoß gegen die Schulordnung, wie etwa das Telefonierverbot mit Handys, aber wegen des höheren menschlichen Zwecks dennoch vertretbar. Wobei einfach nur mehr Spaß haben zu wollen, natürlich kein Notfall ist! In diesem Fall ist die Sache allerdings klar, schließlich will ich ja meine kranke Mama unterstützen.

Vor dem nächsten Lied bitte ich also darum, zur Toilette gehen zu dürfen. Nur dort kann ich mal schnell ungestört mit meiner Mutter telefonieren.

Es dauert, bis sie rangeht, und ihre Stimme ist total heiser. Die Arme, die muss es ja wirklich richtig doll erwischt haben.

Ich brauche gar nicht mehr sagen als »Wie geht's dir denn? Kann ich was für dich tun?«, da schlägt sie schon von sich aus vor: »Kannst du vielleicht schon gleich nach der Schule zu Papa gehen oder brauchst du noch Sachen für die nächsten Tage? Ich fühle mich wirklich sehr mies und will dich auf keinen Fall anstecken.«

Hach, was habe ich doch für eine verantwortungsbewusste Mutter, die würde alles tun, um mich nicht unnötig in Gefahr zu bringen, selbst still vor sich hin leiden! Aber das soll sie nicht, das wäre nicht fair, jemand muss ihre Hand halten. Ich biete es also an.

»Um Gottes willen, nein, Lotte! Ist ja lieb von dir gedacht, kann ich aber keinesfalls annehmen. Das Ansteckungsrisiko ist zu groß und ehrlich gesagt will ich auch nur mal richtig ausschlafen. Das hilft mir ganz bestimmt – und du bist am besten bei deinem Vater aufgehoben.«

»Es macht dir wirklich nichts aus?«

»Nein, nein, ist vollkommen in Ordnung. Beruhigt mich

eher, ich kann mich in meinem Zustand nämlich gar nicht um dich kümmern.«

Na gut, wenn sie meint. Sie muss schließlich selbst am besten wissen, was ihr guttut.

»Okay, dann machen wir's so. Ich brauche aber noch zwei Arbeitshefte, Deutsch und Bio, und meinen Lieblingspulli. Kannst du die Sachen bitte in eine Tüte tun und an die Türklinke hängen? Dann kann Hanna sie mir heute Nachmittag mitbringen. Wir wollten uns um fünf im Gewächshaus treffen.«

Mama verspricht es, ich wünsche ihr von Herzen gute Besserung, und während ich das Handy ausschalte und wieder in meiner Jeans versenke, drücke ich mit der anderen Hand ganz automatisch die Klospülung.

OMG! Was ist das? Erst ertönt ein stotterndes Rülpsen und dann speit mir die Kloschüssel einen Schwall hellbraune Brühe entgegen. Ich springe hastig zurück, aber ein Teil davon klatscht mir dennoch voll gegen die Beine.

Fassungslos starre ich auf meine durchgesuppte Jeans und die tropfnassen Sneakers. Igitt! Ich fühle mich wie in einer Jauchegrube!

Ich will grade Paras schieben, als ich draußen Stimmen höre. Ein Mann brüllt, dass die Wände wackeln: »Wasser ist wieder da!«

Das kann ich bestätigen. Sogar weit mehr als nötig.

Jemand rüttelt an der Tür meiner Klokabine, ich schließe sie auf und luge vorsichtig durch einen schmalen Spalt in den Waschraum. Da steht der Schulhausmeister mit zwei Handwerkern. Er entdeckt mich.

»Warum kommst du nicht raus? Die Spülung geht wieder, kannst abziehen.«

»Äh … habe ich schon …«

»Und? Wo ist das Problem?«

»Das … äh … Klo … hat gerülpst … äh … ja …«

Gelächter. Na toll, liebe ich ja, wenn sich auf meine Kosten Heiterkeit unter den Menschen breitmacht. Nicht dass mir diese Situation unbekannt wäre, nein, kommt leider viel zu häufig vor, aber jetzt war wirklich nicht der passende Augenblick dafür.

»Ich, äh, bin … äh … ziemlich nass …«

Nun ist unser Hausmeister ein ganz vernünftiger und umgänglicher Mann, er versteht auch, dass ein nasses Mädchen nicht unbedingt in einem Waschraum mit drei Männern 'ne Poolparty feiern möchte. Also sagt er: »Dann ruf ich wohl am besten mal meine Frau an, dass die mit einem Handtuch kommt. Ist ja Unterricht, da kann sie die Cafeteria einen Moment allein lassen.«

Ich atme erleichtert auf und ziehe die Tür wieder zu. Nicht ohne einen misstrauischen Blick auf das Toilettenmonster zu werfen, das sich so unflätig benommen hat.

Als Frau Geiger mit einem Stapel Handtücher kommt, um mich trockenzulegen, erklärt sie mir, dass ich nicht das Opfer einer wild gewordenen Kloschüssel geworden bin. Die hat mir auch nicht aus heiterem Himmel ihren Frust über menschliche Kehrseiten vor bzw. auf die Füße gespuckt. »Die Stadtwerke haben das Wasser abgestellt, weil wir einen Rohrbruch hatten. Wahrscheinlich ist an der Bruchstelle Luft in die Leitung gekommen, die hat sich dann wohl etwas heftig ihren Weg nach draußen gesucht und genau bei deiner Toilette ist sie mit dem Restwasser explosionsartig rausgekommen. Das war echt Pech, du Arme!«

Sie drückt mich mütterlich an ihren gewaltigen Busen. Was mich aber wirklich tröstet, ist die Tatsache, dass es sich bei der braunen Brühe lediglich um normales Leitungswasser mit ein bisschen beigemischter Erde gehandelt hat. Puh!

»Komm, Kind«, sagt Frau Geiger fröhlich, »du trinkst jetzt eine Limonade und ich föhne deine Jeans und die Schuhe trocken.«

»Aber, aber ich muss in den Unterricht, wir üben grade mit dem Chor für die Einschulungsfeier am Samstag.«

»So kannst du doch nicht in die Klasse gehen. Ich schreib dir eine Entschuldigung.«

»Wirklich, das würden Sie machen?«

Sie lächelt so freundlich, dass sofort eine Welle des Vertrauens durch mich hindurchschwappt … äh … na gut … von Wellen hab ich eigentlich erst mal genug, aber ich fühle mich plötzlich voll relaxt und nehme darum natürlich ihr Angebot an.

Als ich zurück in den Musikunterricht tapere, wundert sich Frau Yamamoto zwar sehr, doch nach einem Blick auf den Zettel von Frau Geiger sagt sie nichts weiter als: »Und, alles wieder in Ordnung?«

Ich nicke und hocke mich neben Hanna auf meinen Stuhl.

Als sie wissen will, was los war, winke ich ab. Jetzt möchte ich den Unterricht wirklich nicht auch noch durch Schwätzen stören.

»Wir singen zum Abschluss die Barcarole, damit Lotte die

auch noch einmal mitgesungen hat«, fordert Frau Yamamoto die Klasse auf. »Kommt bitte nach vorne.«

Im Geschubse der nach vorne drängenden Mitschüler fange ich einen Blick aus zwei fast schwarzen Augen auf. Darunter verzieht sich ein Mund zu einem, wie mir scheint, ziemlich schadenfrohen Grinsen. Marcel allerdings ist weit weniger dezent, und als sich unsere Wege kreuzen, trötet er mit seinem wunderprächtigen Organ so laut, dass es die ganze Klasse hören muss: »Na, Lolli, biste ins Klo gefallen?«

Ich hätte es echt gut gefunden, wenn sich in dem Moment die Erde aufgetan und mich oder ihn verschluckt hätte, für uns beide gleichzeitig war nämlich grade kein Platz im Musikraum.

»Schleich dich«, kommt mir aber Stine sofort zu Hilfe und Frau Yamamoto sagt sehr bestimmt: »Entschuldige dich bei Lotte, Marcel. Sofort! Ich dulde eine solche Respektlosigkeit nicht.«

Als er sich entschuldigt, muss ich an seine Stiftemappe denken, die ich ihm natürlich – nett wie ich bin – nach dem Englischunterricht doch wiedergegeben habe. Grade darum finde ich sein Verhalten jetzt besonders gemein. Es kann doch wohl jeder verstehen, dass ich seine Entschuldigung nicht annehme, sondern nur wütend »Du kannst mich mal!« zische.

Gut, dass Frau Yamamoto das nicht mehr hört, weil nämlich die Pausenklingel dazwischenkommt. Sie hätte ganz sicher eine Diskussion über das Verzeihen angefangen, die mich die ganze kleine Pause gekostet hätte, und die brauche ich schließlich, um Hanna und Stine lang und breit von meiner Begegnung mit der Monstertoilette zu berichten.

Ich kann übrigens wirklich nichts dafür, dass immer mir solche absurden Dinge passieren. Aber manchmal glaube ich, dass ich bei meiner Geburt in einen Topf mit einer klebrigen Flüssigkeit gefallen bin, an der vorbeiflatternde Katastrophen unweigerlich festpappen wie Fliegen am Fliegenfänger.

Andererseits könnte es natürlich auch sein, dass kleine Sünden bei mir immer sofort bestraft werden. Das wäre eigentlich ganz praktisch, weil sich dann nicht so viel aufstaut und mein persönliches Schuldenkonto von Missetaten recht überschaubar bleibt. Vielleicht sollte ich einfach nur weniger »Notfälle« zulassen und zum Beispiel nicht so oft gegen die Schulordnung verstoßen? Das könnte schon was bringen.

Ich hätte ja nur nicht heimlich mit dem Handy auf der Toilette telefonieren müssen, sondern stattdessen vom Schulsekretariat aus bei meiner Mama anrufen können und nix wäre passiert. Tja, da kann man mal sehen, wie aus einem kleinen Verstoß ein echter Notfall werden kann.

»Merk es dir fürs Leben«, meint Stine trocken, als ich darüber spekuliere. »Aber Zufall ist Zufall, da soll man nichts hineingeheimnissen.«

Ich glaube, damit hat sie irgendwie auch recht.

Das Leben ist einfach wie ein Glücksrad, da kann man sich auf gar nichts verlassen. Am besten macht man unbeirrt sein eigenes Ding. War doch jedenfalls gut, dass ich, was immer danach passiert ist, die Sache mit meiner Mama geklärt habe.

»Okay, Girls«, sage ich also beim Abschied nach der letzten Stunde, »dann treffen wir uns heute um fünf Uhr bei meinem Dad im Gewächshaus.«

Da würden wir ja dann sehen, wo es mit Céline langging.

Die eine Hälfte meines Lebens

Das Geisterschloss ist finster und abweisend. Aber irgendwo darin wartet Prinz Eron auf mich, den ich im krötensabbernden Sumpf verloren habe. Ich muss allen Mut zusammennehmen und hineingehen, denn ich habe ihm versprochen, mit ihm in den Finsterwald zu reiten und nach dem weißen Einhorn zu suchen, das seit Tagen verschwunden ist ...

Als ich vor der alten Jugendstilvilla stehe, in der mein Vater jetzt lebt, erfasst mich wieder diese merkwürdige Unsicherheit und mein Herzschlag gerät für einen Moment aus dem Takt.

Die dunkle Fassade des riesigen Gebäudes hat etwas Unheimliches, Putz und Farbe blättern an einigen Stellen ab und aus verwitterten Fensterlaibungen schauen verstaubte Scheiben wie tote, glanzlose Augen unzufrieden auf mich herunter. Papa meint zwar, das wird alles nach der Renovierung wunderschön, aber Mama hat ihm jedenfalls nicht geglaubt, sonst wäre sie ja mit ihm hier eingezogen.

Ich bin mir zwar auch manchmal nicht sicher, ob ich das Haus, in welches Mamas Reihenhäuschen mindestens zwei- bis dreimal reinpassen würde, wirklich mag, aber ich will ihm und Papa wenigstens eine Chance geben. Auch wenn man nicht über Papas Fantasie verfügt, muss man zugeben, dass es viele gute Seiten hat, und meine Freundinnen finden es allein schon wegen des Gewächshauses und dem vielen Platz, den es bietet, ziemlich genial.

Andererseits kann ich der Villa wohl einfach nicht verzeihen, dass sie von Anfang an ein Zankapfel zwischen meinen Eltern gewesen ist. Mama wollte um keinen Preis unser hübsches, »pflegeleichtes« und modernes Reihenhaus am Stadtrand für diesen »gruseligen alten Kasten« aufgeben, der ihrer Meinung nach nur Arbeit machen und unendliche Renovierungskosten verschlingen würde.

Er hat aber erst mal nur meinen Vater verschlungen.

»Dann versuche ich es halt ohne deine Unterstützung«, hat er nämlich dickköpfig gesagt und verschwand jede freie Minute seines Tages in den maroden Eingeweiden der alten Villa. Als er schließlich auch darin übernachtete, stellte Mama ihm ein Ultimatum: »Ich oder die Villa!« Aber da war er schon viel zu sehr in ihren Bann gezogen und konnte nicht mehr zurück.

So haben meine Eltern eine Trennung auf Probe vereinbart und Papa ist ganz hierher gezogen. Natürlich hat er mir sofort ein Zimmer eingerichtet, damit ich wenigstens die halbe Woche bei ihm leben kann. Seitdem ist diese dumme alte Streitvilla sozusagen die eine Hälfte meines Lebens und ich komme mir vor wie das *Doppelte Lottchen* von Erich Kästner in einer Person.

Mich gruselt es bereits wieder ein bisschen, als ich die kleine Freitreppe zum Eingang emporsteige. Aber natürlich war es von Anfang an klar, dass ich meinen Vater genauso wenig hängen lassen würde wie meine Mutter. Und wenn diese Villa und besonders die zugehörige Gärtnerei mit dem fabelhaften Gewächshaus sein neuer Lebenszweck war, dann würde ich ihn auch beim Aus- und Aufbau nach besten Kräften unterstützen.

Mama hat ja mit ihrem eigenen Job in der Redaktion der Mädchenzeitschrift *Power Girls* selber viel zu viel zu tun, um ihm dabei auch noch helfen zu können. Das hat Papa auch begriffen und so sind meine Eltern nicht wirklich böse aufeinander und auch nicht im Streit auseinandergegangen – nur verstehen, wirklich verstehen, tun sie sich zurzeit leider nicht.

Mama ist absolute Realistin und Papa ein Träumer. Okay, deshalb fühle ich mich ihm sehr nahe und so träume ich an meinen Papa-Tagen seine Träume einfach ein bisschen mit. Dann sehe ich das alte Haus ganz schnell mit seinen Augen und es strahlt im Glanz besserer Jahre, fröhliches Lachen erfüllt es und in der großen Vase, die auf der alten Anrichte im Salon steht, entfalten Blüten aus dem Gewächshaus ihre exotische Pracht.

Papa meint, dass alte Gebäude immer auch die Geschichte ihrer ehemaligen Bewohner erzählen, und obwohl wir wenig über die wissen, sitzen wir abends oft zusammen am Kachelofen auf dem großen Sofa und malen uns aus, wie es hier wohl im vergangenen Jahrhundert zugegangen ist. Es muss eine große Familie gewesen sein, die hier lebte – mit Kindern und Dienstboten und mit einem Großvater, der aus den Kolonien die merkwürdigsten Pflanzen mitgebracht und in seinem Gewächshaus kultiviert hat.

»Er war ein Liebhaber der Botanik«, hat mein Dad mir mal erklärt und mir ein Buch gezeigt, in dem alle Pflanzen des

Gewächshauses eingetragen und mit einer exakten Zeichnung dargestellt waren.

»Ich möchte sie alle wieder dort ansiedeln«, hat Papa noch dazugesagt. Und da wusste ich, dass er den Traum dieses alten Mannes weiterträumen wollte.

Ich liebe meinen Papa, seine Träume und das Leben, das bei ihm so ganz anders ist als bei meiner Mama. Es ist voller Überraschungen und Abenteuer und manchmal, wenn ich im Gewächshaus zwischen der Bananenstaude und den riesigen Farnen stehe, dann denke ich, ich wäre in Elysium und hinter der Fächerpalme würde jeden Moment Prinz Eron auftauchen. Seufz! Das wäre wirklich zu schön!

Meine Stimmung ist nun wieder sehr viel besser, und als ich die Klingel drücke, muntert mich ihr glockenheller Klang noch weiter auf. Sie hat einen wunderschönen, ganz speziellen Sound, der zwar elektronisch erzeugt wird, aber so klingt, als würde man munter eine Reihe von Klangschalen anschlagen, denn immer heller und fröhlicher wird der Ton. Ja, Papa hat wirklich ein Geschick dafür, alte düstere Häuser durch ein paar Kleinigkeiten in richtig gemütliche Orte zu verwandeln.

Allerdings rührt sich nichts im Haus und da fällt mir brühheiß ein, dass Papa mich ja erst am Nachmittag erwartet, wenn Mama ihn nicht informiert hat, dass ich ausnahmsweise schon zum Essen komme. Wie blöd. Das hätte ich am besten selber machen sollen, denn sie hat es in ihrem angematschten Gesundheitszustand bestimmt vergessen, genau wie das Wecken heute Morgen. Aber durch das spuckende Klo war ich ja ebenfalls abgelenkt.

Hm, was nun? He, Kompass, sag mal was! Wo geht's jetzt lang?

Klar und logisch, die Nadel zeigt in Richtung Gewächshaus. Da wäre ich auch selbst drauf gekommen, was aber beweist, dass sich das Ding in meinem Leben schon verdammt gut auskennt. Lottes Lebenskompass eben. *g*

Ich renne die Treppe also wieder runter und um das Haus herum in den großen noch ziemlich verwilderten Garten. Zum Gewächshaus führt allerdings ein schöner heller Kiesweg, dessen Ränder von prächtigen Blütenstauden gesäumt sind. Das hat Papa wirklich sehr hübsch angelegt.

Wenn ich bedenke, wie mickrig die Setzlinge im Frühjahr noch ausgesehen haben!

Ich muss kichern, denn es ist lustig, sich vorzustellen, was aus mir wohl mal werden wird. Noch bin ich ja auch nur so ein halbstarker Setzling … Bis ich ebenfalls eine prächtig blühende erwachsene Staude bin, wird es wohl noch eine Weile dauern. Aber es ist genial zu sehen, wie die Natur nur mit Sonne, Erde und Wasser aus ein paar Samen etwas derart Großartiges zustande bringt. Da kann ich Papa verstehen, Gärtner zu sein, muss ein tolles Gefühl sein.

Ganz unverhofft tritt mein Kater Majestix aus einer Hecke und streicht sofort schmusend um meine Beine.

»Hey, alter Schnurrer!«, begrüße ich ihn. »Weißt du, wo Papa ist? Komm, zeig mir den Weg!« Er strebt auf samtigen Pfoten dem Gewächshaus zu. Prima, dann bin ich ja richtig.

»Hallo, Papa!?«

Warme Luft schlägt mir entgegen und nimmt mir ein bisschen den Atem, als ich in das Glashaus trete. Es riecht schwer, nach feuchter Erde und exotischen Pflanzen. Ein paar Vögel zwitschern. Sie sind aufgeflattert, als ich die Tür geöffnet habe, aber nun lassen sie sich wieder in den Zweigen der Tropengewächse nieder, wo sie zwischen Luftwurzeln ein Nest gebaut haben. Es sind Zebrafinken, Kanarienvögel und zwei Graukopf-Papageien.

»Papa?!!«, rufe ich noch mal, nun etwas ungeduldiger. Wo steckt mein Vater denn nur?

Ein Kopf taucht hinter der Engelstrompete auf, von der ein Dutzend helle Blüten herunterhängen, die dem Trichter einer Trompete ähneln. Warum der Strauch *Engel*strompete heißt, weiß ich nicht, vermute aber mal, dass man die Engel blasen hört, wenn man sich an ihm vergiftet hat und den Himmel betritt. Ein Totenkopfschild steckt nämlich neben ihm in der Erde.

Papa schlendert auf mich zu und ich muss grinsen. Zu vertraut ist mir inzwischen seine lässige Art. Er trägt die Haare ziemlich lang und hat sich einen Bart stehen lassen. Nein, nicht so einen schrecklichen Vollbart, nur einen kurzen, rund ums Kinn. Sieht echt gut aus und gibt ihm so was Abenteuerliches. Urwaldforscher würde super als Berufsbezeichnung für ihn passen. Seine blauen Augen blitzen mich unternehmungslustig an.

»Lotte, schon da? Komm her, ich muss dir etwas zeigen.«

Es scheint ihn nicht sonderlich zu interessieren, warum ich bereits jetzt bei ihm auflaufe. Na egal, Hauptsache, er freut sich.

Ich hänge meine Schultasche draußen an die Klinke, denn das feuchte Klima möchte ich meinen neuen Schulbüchern nicht antun, dann schlendere ich zu ihm rüber und drücke ihm ein Busserl auf die schweißnasse Wange. Hm ... dauernd im Regenwald leben möchte ich ja nicht, wenn das heißt, dass man ständig so vor sich hin triefen muss.

Papa zieht mich zum Ende des Tropenhauses.

»Oh, das ist ja ein neues Aquarium!«, rufe ich entzückt aus und trete näher. »Und frische Guppies und Schwertträger! Wie toll!«

Ich schaue den Fischchen zu, wie sie durch die Wasserlandschaft wuseln, durch löchrige Steine hindurchschwimmen und an den Wasserpflanzen mit ihren winzigen Mäulern zuppeln. Ein kleiner Katzenwels schleimt sich grade an der Scheibe hoch und wirkt dabei wie ein Fensterputzer, denn er saugt den feinen Belag von Mikroorganismen auf. Davon sollte ich Mama mal eine größere Version für den Hausputz schenken.

»Magst du ihnen Futter geben?«, fragt Papa und drückt mir eine Dose mit Fischflocken in die Hand. Ich öffne die Klappe im Deckel des Aquariums und streusele etwas hinein. Sofort stürzt sich die ganze Schar mit flottem Flossenschlag auf das Mittagessen.

Hm, könnte ich jetzt auch gebrauchen. Mein Magen meldet sich mit einem lauten Knurren. Uups.

»Hast du Hunger?« – »Hast du was zu essen?«, fragen wir gleichzeitig.

Papa zögert und streicht sich mit der Hand über den Bart. Das ist eine typische Geste bei ihm, wenn er ratlos ist.

»Ich könnte einen Salat machen, ich habe noch etwas Thunfisch in der Dose im Kühlschrank.«

Mich gruselt es nun doch wieder. Sein Männerhaushalt ist wirklich ein bisschen Horror.

»Von wann ist die?«

Er zuckt mit den Schultern. »Vorgestern … vielleicht … ich weiß nicht mehr so genau … Eier habe ich auch noch, die Hühner legen gut.«

Okay, das könnte ein Omelett mit Salat und Kräutern werden.

»Hast du etwas Milch?«

Papa nickt.

»Gut, dann werde ich heute mal für uns kochen.«

Ich schlage also meinen Speiseplan vor und er findet sofort Anklang. Wir schauen bei den Hühnern vorbei und sammeln sechs frische Eier ein, dann statten wir dem Hügelbeet einen Besuch ab. Dort pflücke ich Rucola und frische Kräuter: Schnittlauch, Petersilie und Pimpinelle.

Zwei vollreife Tomaten lächeln mich freundlich an, so als würden sie mir wie bei *Alice im Wunderland* zurufen: »Nimm uns mit, wir sind so lecker!« Das ist doch mal ein Wort.

Wir betreten die Villa durch den Hintereingang. Er führt durch einen kleinen verglasten Wintergartenanbau direkt in die große Küche. Die Einrichtung ist ziemlich zusammengewürfelt, aber das macht nichts. Herd und Backofen sind ganz okay und der große gescheuerte Holztisch mit den unterschiedlichen Stühlen vom Flohmarkt ist total gemütlich. Die Stühle habe ich übrigens mit Papa zusammen ausgesucht, abgeschliffen und neu lackiert.

Ich häufe alles auf den Tisch und werfe meine Schultasche auf einen der Stühle.

Mir läuft schon das Wasser im Mund zusammen. Omelett ist eine Spezialität von mir. Na ja, jedenfalls bei Papa, der hat meistens am ersten Tag nichts Vernünftiges im Kühlschrank und da läuft es eben auf eine Eierspeise raus. Gut, dass es die Hühner gibt und die so fleißig legen.

Papa kramt Schüssel und Schneebesen hervor und ich donnere die Eier in die Schüssel. Milch dazu, Pfeffer und Salz aus der Mühle und dann die fein gehackten Kräuter. Das hat Papa gemacht, auch das Öl erhitzt er in der Eisenpfanne.

In null Komma nichts ist das verspätete Mittagessen gezaubert und wir sitzen mampfend am Tisch. Deftiges Schwarzbrot und ein naturtrüber Apfelsaft runden das Mahl ab.

Majestix füllt sich den zweifelhaften Thunfisch rein und wir das köstliche Omelett mit Rucola- und Tomatensalat.

»Lecker«, seufzt Papa behaglich. »Du kochst jedes Mal besser, Lotte.«

Sein Lob macht mich stolz und es schmeckt mir noch mal so gut. Ach ja, ich habe den coolsten Papa der Welt. Warum kann Mama ihn nicht einfach so lassen, wie er ist? Immer muss bei ihr alles perfekt sein und nach ihrer Nase funktionieren ... dabei ist es doch viel schöner, wenn man auch mal ein paar Dinge ausprobiert und anders macht, als es üblich ist. Ich experimentiere gern und bei Papa habe ich ganz viele Möglichkeiten dazu ... Nun seufze ich auch.

»Bedrückt dich was, Lotte?«

Ich schüttle den Kopf. »Nee, nein, das heißt doch ... wir haben eine neue Mitschülerin, das ist vielleicht eine Zicke ...«

Papa grinst. »Das weißt du schon nach einem Tag?«

Ich höre die Kritik in seinen Worten, will aber nicht darauf eingehen, schließlich hat er ja nicht mit Céline im Zwinker-Wettkampf gestanden, sondern ich.

»Hanna und Stine kommen nachher vorbei … ist das okay für dich? Dürfen wir ins Gewächshaus?«

Papa lächelt. »Klar, ich muss sowieso noch weg, ich will die anderen Aquarien ansehen, größere für Skalare zum Beispiel. Wenn sich die Fische gut vermehren, können wir vielleicht später eine kleine Zoohandlung aufmachen … Fische und Vögel. Das holt uns noch etwas mehr die Tropen ins Gewächshaus.«

Ach ja, die Tropen. Ich weiß nicht, was mich geritten hat, aber plötzlich ploppt es mir einfach so heraus: »Aber nicht auch noch mit Schrumpfköpfen handeln!«

Papa ist völlig verwirrt. »Schrumpfköpfe? Wie kommst du denn auf so was?«

Nun erzähle ich mehr von Céline und das findet mein Papa doch auch etwas seltsam. Als wir den Tisch abräumen, ist er wohl immer noch nicht drüber hinweg, denn er murmelt, während er die Teller in die Spüle stellt: »Was weiß so ein junges Ding denn von Schrumpfköpfen?«

Tja, das möchte ich wirklich auch gerne wissen!

»Woher kennt die so was überhaupt?«, frage ich meine Freundinnen, als wir mit einem Mango-Drink auf der kleinen Steinbank unter der Bananenstaude hocken und uns bereits der Schweiß über die Stirn perlt. »Puh, heute ist es aber besonders heiß.«

»Kein Wunder«, sagt Stine, »die Sonne scheint ja auch genau auf das Glasdach. Habt ihr keine Jalousien?«

Ich schüttle den Kopf. »Zu teuer, Papa will was mit Bambusmatten einbauen, aber so weit ist er noch nicht.«

Stine zieht das Protokoll unserer letzten Clubsitzung aus ihrem Rucksack. Da ist sie sehr korrekt. Doch als sie vorliest, dass der GIRLS-Club beschlossen hat, das Projekt »Wiedervereinigung von Lottes Eltern« zu unterstützen, ist mir das direkt ein bisschen peinlich. Besonders, als Stine fragt: »Tut sich denn inzwischen was bei deinen Eltern? Sehen sie allmählich ein, dass ein Mädchen in deinem Alter beide Elternteile braucht?«

Hm, da bin ich nicht so optimistisch.

»Wie können wir dir helfen?«, fragt nun auch noch Hanna.

Wenn ich das mal wüsste!

»Die sind einfach nicht zusammenzukriegen. Also ich meine an einen Tisch, um die Sache noch mal vernünftig zu besprechen. Mama wimmelt mich immer mit dem Hinweis auf ihre viele Arbeit in der Redaktion ab und Papa beharrt darauf, dass Mama zu ihm kommen soll, um sich erst mal ein Bild vom Fortschritt in der Villa zu machen und nicht gleich alles, was ihm so viel Freude macht, abzulehnen. Er meint, er würde ihr ja auch nicht in ihre Redaktionsarbeit reinreden.«

»Und deine Mutter will die Villa wirklich nicht betreten?«

Ich schüttele den Kopf. »Nee, sie lässt mich immer vorm Haus aus dem Auto, wenn sie mich mal bringen muss. Das ist so ätzend.«

»Dann müssen wir eben einen Überraschungs-Coup starten«, schlägt Hanna spontan vor. »So eine Art Blind Date.«

Ich kichere. »Na, die werden Augen machen!« Aber natürlich war der Gedanke völlig absurd. Mit so einer Überrumpelungsaktion würde ich meine Eltern natürlich nicht wieder zusammenbringen. Im Gegenteil, die würden bestimmt stocksauer sein und erst recht mauern.

»Also machen wir es?«, will Hanna gleich in die Planung gehen.

Bloß nicht, denke ich mit einem leichten Anflug von Panik. Nur keinen wilden Aktionismus in einer so heiklen Sache. »Äh … nein … also… ich glaube, im Moment warten wir besser erst mal ab, sie sind alle beide sehr beschäftigt … also jeder mit sich und seinem Kram … die, die merken noch gar nicht, dass sie sich gegenseitig fehlen, also dass ihnen was fehlt … also, das ist bei denen anders als bei mir. Die haben gar keine Zeit darüber nachzudenken, was … äh … grade mit ihnen passiert.«

»Tja, dann wird es schwierig«, reagiert Stine verständnisvoll auf mein Gestammel. »Ohne echtes Problembewusstsein sehen deine Eltern sicher wirklich keinen Grund, etwas an der Trennung zu ändern.«

»Sie ist ja auch nur auf Probe«, wirft Hanna ein. »Vielleicht nehmen sie es deswegen gar nicht richtig ernst.«

»Ach ja? Und die Auswirkungen auf mich? Die sind wohl auch nicht ernst zu nehmen?!«

Da ist Hanna uneinsichtig. »Findest du die denn wirklich so schlimm? Eigentlich hast du doch ein echt cooles Leben, so als doppeltes Lottchen!«

»Aber je länger sie getrennt leben, umso mehr gewöhnen sie sich vielleicht daran … und dann werden wir wahrscheinlich nie wieder eine richtige Familie.«

Stine zuckt die Schultern, sagt aber ganz klar: »Man kann

Menschen nicht zur Liebe zwingen. Deine Eltern müssen schon selber merken, dass ihnen etwas fehlt durch diese Trennung. So lange deine Mutter keine Sehnsucht nach deinem Vater hat und er nicht nach ihr, so lange muss man eben noch Geduld haben.«

Nun wird mir das Thema aber noch peinlicher. Über die Liebe meiner Eltern möchte ich wirklich nicht reden, mit niemandem, nicht mal mit meinen besten Freundinnen … Viel zu heikel und …

»Äh, was dagegen, wenn wir das erst mal vertagen?«, schlage ich also vor. »Wir, wir haben ja noch ein anderes wichtiges Thema, das wir heute besprechen wollen …«

»Ja genau, Céline!«, kommt es wie aus der Wasserpistole geschossen von Hanna.

Ich schaue sie an und stelle fest, dass ihr Kopf langsam die Farbe der Tomaten annimmt, die wir heute Mittag im Salat hatten. Sie reagiert wirklich extrem auf die Gewächshausluft und tut mir natürlich leid.

»Wir können auch in mein Zimmer gehen, da ist es kühler«, schlage ich also meinen Freundinnen vor.

Beide nicken und so nehmen wir unsere Getränke und pilgern in den ersten Stock der Villa hinauf, wo sich mein Zimmer befindet.

Obwohl das Haus von außen ziemlich düster aussieht, ist mein Zimmer total hell. Es liegt nach Südwesten und hat einen verglasten Erker mit blumigen Jugendstilornamenten, in dem sich mein *Diwan* breitmacht, eine Art orientalisches Bettsofa ohne Lehne mit vielen Kissen – sehr bequem. Und sooo gut zum Träumen geeignet! Eigentlich ist es ja nur eine stinknormale Sofalandschaft, aber mit den vielen bunt zusammengewürfelten Kissen und der indischen Decke erinnert sie ein bisschen an den Diwan auf Erons Schloss im Film. Hanna sieht das genauso und sie findet es darum jedes Mal »erlaucht«, darauf herumzulümmeln.

Toll ist, dass wir alle drei Platz haben und ich bin meinem Vater immer noch dankbar, dass er mir den Tipp gegeben hat, den Erker als *Lottes Lotterbett* zu gestalten. Es ist einfach nur urgemütlich, voll romantisch und der schönste Lümmelplatz auf Erden. Deshalb treffen sich meine Freundinnen auch besonders gern hier mit mir und nicht in Mamas Reihenhaus. Das ist natürlich viel moderner und »hygienischer«, aber gerade darum ist dieses Zimmer für drei abenteuerlustige Mädchen wie uns eine ideale Ergänzung.

Mama versteht das nicht so richtig. »Romantik ist ja schön und gut«, meint sie, »aber Mädchen von heute, die sind doch eher frisch und modern, die lieben Wellness und Klarheit und den Duft schöner Beautyprodukte. Romantik hat doch nichts Plüschig-Verstaubtes mehr. Romantik ist sportlich, effizient und diesseitig.«

Uahhhh. Ganz genauso tönt auch ihr *Power Girls*-Magazin und es ist voller Tipps, wie ein Mädchen das Beste aus seinem Typ macht, am effizientesten durch die Schule kommt und die coolsten Freundinnen und Freunde für sich im Internet gewinnt. Als ob das Leben ein einziger großer Wettbewerb wäre, in dem sich ständig alle gegeneinander behaupten müssten. Die Chicks kann ich mir in dieser Welt gut vorstellen, aber mich eher nicht. Vielleicht habe ich einfach zu viele Papa-Gene … und liebe deswegen Orte, die wie mein Diwan old school und plüschig sind, dafür aber zum Träumen einladen.

»Ich weiß gar nicht, was dich so stört«, sagt Stine in ihrer trockenen Art, als ich meine Freundinnen an meinen Gedanken teilhaben lasse. »Sei doch froh, dass du beides haben kannst. Deine Mutter ist schließlich als Lebensberaterin bei *Power Girls* unglaublich beliebt und darum wird sie schon wissen, was Mädchen cool finden und was ihnen guttut.«

Und Hanna ergänzt: »Außerdem ist es ja noch ein Unterschied, ob man sein Zimmer etwas ausgefallener einrichtet oder wie ein wandelnder Dritte-Welt-Shop rumläuft.«

Womit wir endlich beim wichtigsten Thema des Tages angekommen wären: Céline!

Wer ist Céline wirklich?

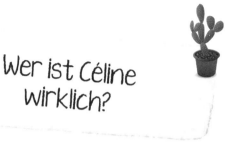

Prinz Eron und ich haben den Turm erreicht, in dem seine Schwester Agneta gefangen ist. Der einzige Einlass ist ein schmales Fenster. Nur ich passe hindurch. Also werde ich mich in das Reich der Hexe wagen. Prinz Eron macht mir die Räuberleiter, ich zwänge mich durch das Fenster und stehe plötzlich im Bannkreis der schwarzen Hexe …

»Ist sie tatsächlich so abgebrüht, wie sie tut?«, eröffne ich die Diskussion und reiche Limo und Ingwerkekse herum.

Hanna, die ebenfalls in einem superaufgeräumten modernen Reihenhaus wohnt (na ja, aufgeräumt nicht immer, bei zwei kleinen Brüdern), ist von Célines Style auch eher irritiert.

»Ihre Klamotten wirken, als ob sie die Sachen von einem Flohmarkt hätte und Cowboystiefel und Rock sehen doch irgendwie sehr … äh … retro aus?«

Hanna scheint echt irritiert zu sein, denn normalerweise ist es nicht ihre Art, am Look anderer herumzukritisieren. Das überlässt sie lieber den Chicks, die ja in Sachen Styling immer alles besser wissen.

»Vielleicht hat sie nichts anderes, und da, wo sie herkommt, ist es der letzte Schrei«, gibt Stine zu bedenken.

»Ach ja?« Ich bin nicht ganz ihrer Meinung. »Das Sammeln von Schrumpfköpfen wohl auch. Voll angesagtes Hobby in Absurdistan. Hallo, Süße! Schön, dass du mich zu deiner Geburtstagsparty eingeladen hast, habe dir übrigens einen neuen Schrumpfkopf für deine Sammlung mitgebracht! Mensch, Stine, die ist einfach nicht normal. Sieh das doch endlich ein.«

»Na gut, dann ist sie eben nicht normal. Was geht es uns an?«

»Sie ist unsere neue Klassenkameradin, schon vergessen? Wir sollen uns um ihre Integration kümmern.«

»Indem wir ihr hinterherspionieren? Meinst du, das schafft Vertrauen?«

»Vertrauen?«

»Na ja, man kann sich ja nur da einleben, wo man Vertrauen genießt und selber auch Vertrauen zu den Leuten haben kann. Jemandem, der mir nachspioniert, würde ich nicht vertrauen.«

Nun wird mir Stine zu spitzfindig.

»Das steht doch gar nicht zur Debatte.«

»Was dann?«, will Hanna wissen.

Hm, ich schiele auf meinen Lebenskompass, um mal eben die Richtung zu checken. Okay, alles klar.

»Also:

1. müssen wir wissen, was sie für ein Mensch ist, ob sie in die Klassengemeinschaft passt und
2. besorgen wir uns erst mal die dazu nötigen Informationen, was
3. natürlich heimlich passiert.

Wenn sie nichts von unseren Aktivitäten mitkriegt, kann sie auch kein Misstrauen gegen uns entwickeln, klaro?«

Stine ist nicht voll überzeugt. »Und was genau sollen wir deiner Meinung nach jetzt tun?«

»Na, wir schleichen uns mal ins Internat rein und gucken, was sie da so den ganzen Nachmittag macht.«

»Schrumpfköpfe basteln, von herrenlosen Katzen vielleicht … ich habe bei Google gelesen, dass diese Kopfjäger auch Tiertrophäen für ihre Schrumpfkopfsammlung nehmen.« Jetzt wird Stine zynisch.

Ich starre Majestix an und vor meinen Augen schrumpelt sein süßes Katergesicht wie im Zeitraffer zu einer hässlichen Fratze ein und mir wird richtig schlecht.

Stine merkt es. »Da muss dir doch nicht gleich übel werden, Lotte! Du hast einfach zu viel Fantasie. Kein Mensch will, dass du dir solche Dinge so lebhaft vorstellst.«

»Als ob ich was dafür könnte! Ich sehe so was halt immer direkt konkret vor mir. Du musst ja auch nicht so einen Schrott erzählen. Katzenschrumpfköpfe! Ist doch voll eklig!«

»Ja, stimmt, mache ich nicht mehr. War wirklich nur erstunken und erlogen.«

»War es nicht.«

»Häh?«

»Na ja, es stimmt ja, was du gesagt hast, und deswegen musst du das auch nicht zurücknehmen. Aber umso abartiger ist doch Célines Behauptung, dass sie so gruselige Dinge auch noch sammelt.«

»Meinst du, sie hat echt mal was mit Kopfjägern zu tun gehabt?«, möchte Hanna wissen. Auch sie schaut mitleidig auf Majestix.

»Quatsch«, wiegelt Stine ab. »Die hat halt ebenso eine blühende Fantasie wie Lotte und will sich damit doch nur wichtigmachen. Hat sie bestimmt irgendwo aufgeschnappt.«

Hanna stimmt ihr zu. »Ich glaube, sie will durch so was nur davon ablenken, dass ihre Eltern sie ins Internat abgeschoben haben. Wobei ... könnten die nicht wirklich im Gefängnis sein?«

»Aber dann haben sie doch niemals das Geld, um ein teures Internat zu bezahlen.«

»Vielleicht ist sie besonders begabt und hat ein Stipendium gekriegt, oder sie ist ein Sozialfall. Mein Vater meint, dass ein Teil der Internatsschüler aus problematischen Familienverhältnissen kommt, also wo die Eltern zum Beispiel krank oder arbeitslos sind ...«

»... oder im Knast!«, ergänze ich und merke, dass mir Céline plötzlich leidtut. Das müsste ja der wirkliche Horror sein und das wünsche ich selbst dieser arroganten Zicke nicht.

»Nun schaff doch mal diesen Quatsch von Marcel wieder aus deinem Kopf«, meint Stine. »Das ist doch wirklich absoluter Schwachsinn.«

»Und wenn die doch im Gefängnis sind? Vielleicht haben sie eingebrochen oder Autos verschoben oder eine betrügerische Firma betrieben ... mit Steuerhinterziehung oder so. Da glauben viele, sie kämen damit durch und schwupps, werden sie doch geschnappt und landen mir nichts, dir nichts hinter Gittern.«

»Mensch, Lotte, jetzt hör doch endlich damit auf!«, verliert Stine nun die Geduld mit mir. »Sonst geh ich nach Hause. Für so einen Blödsinn hab ich keine Zeit.«

»Ja, ja, ist schon gut«, lenke ich besänftigend ein und gerate ins Grübeln. Stines Vater ist schließlich unser Schulsozialarbeiter, der weiß garantiert, was Sache ist. Ich finde es plötzlich einleuchtend, dass Céline ein Problem mit ihren Eltern hat. Nicht so wie ich, sondern ein echt schlimmes …

»Frag doch mal deinen Vater«, schlage ich also vor, aber Stine blockt sofort ab.

»Nee, der darf über Schüler nicht sprechen, genauso wenig wie die Lehrer. Da herrscht absolute Diskretion, was deren Familienverhältnisse angeht.«

»Aha – und warum hat Frau Weisgerber Céline dann danach gefragt?«

»Na, selber kann jeder natürlich so viel von sich erzählen, wie er will …«

»Aha – und Céline wollte offenbar nicht.«

»Echt verstockt ist die«, findet auch Hanna.

Okay, mir kommt die Sache mit dem Knast jetzt selbst auch etwas realitätsfremd vor.

»Wenn sie so ein schweres Schicksal hätte, würde sie nicht so unverschämt auftreten«, gebe ich also zu bedenken. »Dann ist man geknickt und traurig … das ist sie alles nicht. Sie ist nur bockig und frech. Ich wette, zu Hause hat sie sich genauso aufgeführt, und darum haben sich ihre Eltern nicht mehr zu helfen gewusst und sie ins Internat abgeschoben.«

Das ist doch wirklich nicht unwahrscheinlich. Wenn ich mich so aufführen würde, ginge ich meinen Eltern garantiert auch auf die Nerven. Mama würden schon bei einer Zöpfchen-Frisur, wie Céline sie hat, sämtliche Geduldsfäden reißen, und angesichts solcher Klamotten würde sie ihren Job bei *Power Girls* an den Nagel hängen müssen oder zumindest leugnen, mit mir verwandt zu sein.

»Und wie kriegen wir nun raus, was wirklich mit ihr los ist?«, will die praktische Stine wissen. »Nur Spekulationen bringen uns schließlich nicht weiter.«

Dass grade sie das sagt, wo ihr Vater als Schulsozialarbeiter garantiert an jede Schülerakte rankommt, kann ich vom Bauch her nur schwer akzeptieren.

»Und nicht mal dir sagt dein Vater etwas?«

Stine schüttelt den Kopf. »Nicht mal mir. Er will ja schließlich nicht seinen Job verlieren.«

Gut oder auch nicht gut, da müssen wir uns also was anderes einfallen lassen.

»Kurze Denkpause«, schlage ich vor, stürze an meinen Schreibtisch und drücke meinen Freundinnen einen Zettel und einen Stift in die Hand.

»Ihr habt jetzt fünf Minuten Zeit, um aufzuschreiben, was wir machen könnten. Ich hole inzwischen neue Limo.«

Als ich wiederkomme, lesen sie vor. Beide haben aufgeschrieben: *sich im Internat umsehen*. Das ist auch genau meine Meinung.

Ich bin plötzlich voller Tatendrang. »Dann lasst uns doch einfach mal zum Internat rübergehen und gucken, was sie da so treibt.«

»Einfach so? Ganz offen? Ist das nicht peinlich?«, gibt Hanna zu bedenken.

»Warum schreibst du es auf, wenn du es gar nicht machen willst?«, verstehe ich sie grade gar nicht.

Sie zuckt mit den Schultern. »Ich will ja eigentlich, aber was ist, wenn sie uns entdeckt? Dann denkt sie doch bestimmt, wir würden ihr nachspionieren.«

»Was wir ja auch tun. Oder habe ich da was falsch verstanden?«

Stine ist auch verwundert, bemüht sich aber zu vermitteln. »Vielleicht meint Hanna nur, dass wir das eher heimlich machen sollten, inkognito oder so …«

»Klar, mit Schneewittchenperücke und Skimütze, voll vermummt und gaaanz unauffällig. Mit heimlich ausspionieren habe ich nicht gemeint, dass wir vor dem Internat eine Karnevalsparty feiern sollen.«

Obwohl die Vorstellung recht lustig ist. Ich giggle albern los, bin das Gerede jetzt aber leid und schiele verstohlen auf meinen Lebenskompass. Was würde der mir wohl jetzt raten?

Ich grinse, denn seine Nadel zeigt auf ein Wort, das ich total liebe: ACTION!

»Also, Mädels«, sage ich darum taff. »Genug gelabert und vergesst diesen Quark mit inkognito und so, da machen wir uns gleich verdächtig. Wir werden jetzt einfach mal ganz leger und normal am Internat vorbeischlendern und wenn wir jemanden treffen, den wir kennen, werden wir ihn fragen, welches Zimmer Céline hat … so, und dann sehen wir weiter. Einverstanden?«

Meine Freundinnen stimmen zu und wir schieben endlich ab.

Was mache ich hier eigentlich?, denke ich, als ich mit Hanna und Stine vor dem Internat »patrouilliere«.

Ja, anders kann man unser kopfloses Auf- und Abgerenne vor dem Haupteingang wirklich nicht nennen. Vor allem, weil es völlig widersinnig ist. Einerseits wollen wir Céline in aller Heimlichkeit ausforschen und andererseits gurken wir hier völlig offen rum und warten darauf, dass sie uns in die Arme läuft. Was für ein Schwachsinn ist das denn?

»Ich mache Schluss«, sage ich also nach einer knappen halben Stunde. Es ist die einzig sinnvolle Konsequenz, die ich aus dieser belämmerten Situation ziehen kann, ehe Céline wirklich noch auftaucht und uns lächerlich macht.

In dem Moment biegt Lennard aus unserer Klasse um die Hausecke. Lennard ist ein ganz Stiller, deswegen beachtet man ihn auch kaum, aber ich erinnere mich, dass er schon in der Fünften aufs Internat gekommen ist.

Seine Mutter ist leider gestorben und sein Vater arbeitet auf einer Ölplattform vor Schottland. Ölplattformen sind kein Aufenthaltsort für Kinder, meint meine Mutter, darum hat ihn sein Vater auch ins Internat gegeben. Lenni besucht ihn oft in Schottland und sie machen auch immer zusammen Ferien. Mehr weiß ich eigentlich gar nicht über ihn. Aber jetzt kommt er natürlich wie gerufen.

Er erkennt uns und grüßt freundlich. Doch, sein gutes Benehmen ist mir schon mehrfach aufgefallen.

»Sucht ihr was?«

Oh, sieht man uns das so an? Peinlich.

»Äh, na ja, eigentlich nicht ... oder ... äh ... eigentlich doch«, stottere ich mir einen ab, während Stine gleich konkret fragt: »Weißt du, wo wir Célines Zimmer finden?«

Er deutet mit dem Kopf nach oben. »Ihr steht direkt drunter. Das dritte im ersten Stock, die Nummer weiß ich nicht genau.« Er schaut uns etwas verwundert an.

»Wollt ihr sie besuchen?«

»Äh … ja …«, sage ich.

»N…nein …«, sagt Hanna.

Stine macht ein Gesicht, als ob sie sich innerlich die Haare rauft, und Lennard will wissen: »Was denn nun? Ja oder nein?«

»Eher nein«, sage ich.

»Eigentlich ja …«, meint Hanna.

Oh, Mist, was muss denn der jetzt von uns denken?

»Wir überlegen noch, ob unsere Zeit reicht«, versucht Stine den völlig konfusen Eindruck, den wir machen, zu korrigieren.

»Ich glaube, sie ist sowieso nicht da«, rückt Lennard nun eine erste konkrete Info raus. Hätte er ja auch gleich sagen können, statt uns so einen Eiertanz aufführen zu lassen. Dödel!

»Wie kommst du darauf?«, will ich aber doch noch wissen.

»Na, ihre Fahne hängt vorm Fenster. Die hängt sie nur abends auf oder wenn sie weggeht.«

»Aha«, murmle ich einfallslos und wundere mich über sein Wissen.

»Na ja, sie wohnt schließlich schon mehr als eine Woche im Internat, da fällt einem so ein Verhalten eben auf«, gibt er uns ungefragt eine Erklärung dafür.

»Aber ihr könnt es natürlich trotzdem probieren. Wollt ihr mit reinkommen?«

Das ist doch ein Angebot und ich stimme sofort zu, bevor Hanna wieder anderer Meinung sein kann.

Lennard schließt auf und wir treten in den Eingangsbereich des Internats. Ich war hier noch nie drin, muss ich gestehen, und wie es scheint, habe ich damit nichts versäumt, denn megaeinladend finde ich es nicht.

Ein paar gruselige Holzskulpturen, vermutlich aus dem Kunstunterricht der Oberstufe, sind die einzigen Deko-Elemente. Ansonsten steht noch eine Stellwand vor einem Fenster, an der wild durcheinander alle möglichen Aushänge pappen.

»Einfach die Treppe hoch und dann im ersten Flur bis Raum drei abzählen, rechts sind die Räume mit Fenster zur Straße. Viel Erfolg.«

Ehe wir uns noch richtig bedanken können, ist er im unteren Flur verschwunden.

Wir schauen uns an.

»Sollen wir?«, frage ich verunsichert. Stine zuckt mit den Schultern.

»Wo wir schon mal hier sind.«

»Aber nur gucken, nicht klopfen oder so … ich … äh … will sie nicht wirklich besuchen«, meint Hanna und ich überlege, ob sie Schiss vor der Schrumpfkopfsammlung haben könnte.

Wir finden das Zimmer schnell, denn es hängt … nein, kein Schrumpfkopf, aber ein krasses Poster an der Tür. Darauf ist eine finstere, tropische Schlucht abgebildet und darunter steht »Valley of no return!!!« mit drei Ausrufezeichen. Rot!

Ich schlucke. Wenn das keine Warnung ist! Hanna reicht es und sie will sofort kehrtmachen, aber ich halte sie wispernd zurück und lege mein Ohr an die Tür. Nichts. Kein Laut, keine Mucke … entweder pennt sie oder sie ist wirklich nicht da. Durch das Schlüsselloch kann man nicht spähen, denn es ist ein Sicherheitsschloss. Gut, damit wären wir ausgespielt. Wieder mal der Satz mit x fällig.

»Das war wohl nix«, sage ich also. Meine Freundinnen nicken einträchtig.

Da ertönen Schritte auf der Treppe. Erschrocken halten wir Ausschau nach einer Fluchtmöglichkeit, falls es Céline sein sollte. Ich drehe mich um und zerre Hanna an der Hand hinter mir her den Flur entlang. Aber der endet in einer Sackgasse. Wenigstens gibt es ein Fenster, ich reiße es auf. Es führt zum Garten und direkt darunter befindet sich das Flachdach eines Anbaus. Hm?

»Los, raus hier, springen«, zische ich meinen Freundinnen zu und schwinge mich auf die Brüstung. Es ist wirklich nicht hoch. Eher ein Klacks. Hanna will mich zurückhalten, aber ich hebe schon ab und plumpse ziemlich unelegant auf das Flachdach des Anbaus. Stine ist mir sofort gefolgt, nur Hanna klebt noch oben auf dem Fenstersims.

Dann aber treibt sie entweder der Mut der Verzweiflung oder der Umstand, dass die Person, die jetzt den Flur erreicht haben müsste, tatsächlich Céline ist, zur Tat.

Ein durchs Fenster geworfener Kartoffelsack hätte sie allerdings an Eleganz bei Weitem übertroffen. Wirklich, das war keine ausgefeilte Sprungtechnik. Ganz und gar nicht. Ein Aufjaulen macht Stine und mir sofort klar, dass Hanna nicht nur schlecht abgekommen ist und eine nicht eben aerodynamische Flugbahn, sondern auch eine Bruchlandung hingelegt hat. Sagte ich schon, dass sie nicht die Sportlichste ist?

Wir stürzen also zu der Abgestürzten. Sie hält sich jammernd den Knöchel. Der sieht nicht gut aus und schwillt ziemlich rasch an … wobei er seine Farbe zu Blauviolett verändert.

Ich starre sie entsetzt an und Stine murmelt etwas von: »Der ist verstaucht, mindestens.« Ist ja mal wieder voll aufbauend. So sieht Hanna das auch und ihr Jammern schwillt ebenfalls an.

»Psssst«, raunze ich, »willst du uns verraten? Wenn uns jemand hört und sich fragt, was wir hier wohl auf dem Dach machen, sitzen wir fett in der Gülle. Der hält uns doch sicher für Einbrecher und ruft die Polizei.«

»Krankenwagen wäre besser«, meint Stine mal wieder in ihrer manchmal geradezu brutal sachlichen Art. Sensibel geht anders! Nach diesem Schlag mit dem Holzhammer fängt Hanna nun an zu heulen, was ich sicher auch getan hätte.

Stine versucht ihr aufzuhelfen. »Kannst du wenigstens ein bisschen auftreten?«, fragt sie.

Ich habe inzwischen eine Feuerleiter entdeckt, die an der Rückseite des Anbaus in den Garten hinunterführt. Das ist die Rettung.

»Hanna«, rede ich ihr gut zu, »das schaffst du. Wir müssen nur da runterklettern und dann gehen wir zu mir und verarzten dich. Mein Papa fährt dich sicher nach Hause.«

Sie schnieft. »Und was sage ich meiner Mutter? Die kriegt einen Herzinfarkt!«

»Quatsch, so was kann doch überall passieren. Sag einfach, du wärst auf der Treppe ausgerutscht, war Moos drauf oder Meister Propper … da glitscht man schon mal weg.«

»Aber ich belüge meine Mutter nicht!«, lehnt Hanna empört ab.

Ich ja eigentlich auch nicht, aber dies ist doch wieder mal einer der typischen Notfälle, wo es wirklich wenig Sinn hat, die Wahrheit zu sagen. Weil sie nämlich gar nichts besser, sondern alles nur schlimmer macht. Eltern müssen außerdem auch nicht immer alles wissen, oder?

Ich werfe einen Blick auf meinen Lebenskompass, aber der hält sich da raus. Die Nadel zittert unentschlossen, und so muss Hanna wohl ihre eigene Entscheidung treffen.

Wir gehen grade mit der humpelnden Hanna über den Rasen zum Hinterausgang des Internats, als oben jemand an das Fenster tritt und es schließt. Rasch flüchten wir hinter einen mannshohen Busch.

»Ich könnte wetten, das war Céline«, sage ich zu meinen Freundinnen. »Und bestimmt hat sie uns gesehen. Habt ihr nicht auch dieses irre Lachen gehört?«

Jungs oder no Jungs?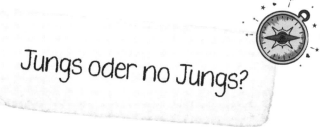

»Du brauchst Verbündete, mein Prinz«, sagt der Magier und ich spüre seine Hinterlist. »Trau ihm nicht«, wispere ich Eron zu, aber der Magier lächelt mich an und schon gerate ich in seinen Bann ...

Wir schaffen es mehr schlecht als recht bis zur Villa, und in der Küche quetsche ich Hanna erst mal eine Gelpackung aus dem Kühlschrank um den geschwollenen Knöchel. Sieht echt nicht gut aus. Aber wenn man glaubt, man könnte fliegen und hat keine Flügel, dann kann das ja auch nicht gut gehen.

Dabei habe ich immer gedacht, ich wäre der größte Tollpatsch unseres GIRLS-Trios.

»Was ist Hanna denn passiert?«, will Papa wissen, als er in die Küche kommt.

»Umgeknickt«, beschränke ich die Info aufs Notwendigste. Papa ist niemand, der dann anfängt, einen zu löchern. Mama hingegen muss man alles haarklein schildern, aber er beschränkt sich freundlicherweise darauf, Notfallmaßnahmen zu ergreifen. Dazu gehört auch, dass er Hanna nach Hause fährt. Ich gebe beiden einen Kuss und Papa flüstere ich zu: »Du bist ein Schatz.«

Er freut sich über das Lob und grinst. »Soll ich Pizza mitbringen fürs Abendessen?«

Er ist wirklich der beste Vater der Welt. Ich nicke.

»Diavolo mit viel scharf!«

Papa packt Hannas Fahrrad in den Lieferwagen und Stine und ich winken dem abfahrenden Auto nach. Wir verabschieden uns aber auch bald. Sie fährt mit dem Rad und ich bringe sie noch bis an die Hauptstraße. Von da haben wir einen Blick auf das Internat. Wie günstig! *g*

»Sie ist da«, sage ich vor Aufregung flüsternd. »Guck, die Fahne ist weg.«

Dafür hängt aber etwas anderes im Fenster. Ein großer schrill-bunter Traumfänger mit schwarzen Herzen und … Mir stockt der Atem und völlig von der Rolle stammle ich: »Da…das … sind doch nicht wirklich Schrumpfköpfe?!«

Stine scheint einen Moment auch verunsichert, aber dann meint sie grinsend: »Quatsch, das sind Attrappen, die sind nicht echt, die will uns doch nur damit verarschen.«

Öhm, bei uns gäbe das jetzt fünfzig Cent in die Schimpfwörter-Spardose, aber Stines Eltern sehen das wohl lockerer.

»Meinst du?«

»Na klar, wenn sie uns wirklich im Garten gesehen hat, dann macht die sich voll den Spaß daraus, uns an der Nase herumzuführen.« Stine grinst. »Würden wir doch nicht anders machen, oder?«

Ich finde sie in diesem Moment mal wieder richtig cool und bin froh, sie zur Freundin zu haben. Ich umarme sie zum Abschied und sage, als sie aufs Rad steigt: »Na gut, dann sind die Spiele eröffnet. Die wird sich noch wundern.«

Stine düst los, und als ich eben um die Ecke von Papas Villa biege, knalle ich mit einem wahnsinnig gewordenen Skater zusammen und wir landen beide als verschlungenes Knäuel auf dem Pflaster des Gehwegs.

OMG! Ich wollte eigentlich nicht zu Hanna auf die Krankenstation ziehen. Als ich versuche, meine Gliedmaßen zu entwirren, erkenne ich, wer mich da umgenietet hat. Niemand Geringerer als der Chef der Board-Brothers himself: Robroy!

Ich merke, wie mir in den Handflächen und im Nacken Schweiß ausbricht. Die Sache ist mir nun total peinlich. Warum denn ausgerechnet er?

»Kannst du nicht aufpassen?«, gifte ich ihn vor lauter Verlegenheit viel zu heftig an. »Noch nie was von Straßenverkehrsordnung gehört, was?« Ich rapple mich auf und er ebenfalls. Wir stehen voreinander und starren uns irgendwie hilflos und unter Schock in die Augen. Ich bete ihm Mangels einer intelligenteren Alternative die StVO vor: »Jeder Verkehrsteilnehmer hat sich so zu verhalten, dass er keinen anderen gefährdet. In diesem Affenzahn auf dem Bürgersteig zu skaten, ist ein eindeutiger Verstoß!«

»Na, dein Kopf hat ja scheinbar nichts abgekriegt«, meint er und in seine Augen schleicht sich ein kleines teuflisches Feuer. »Sonst auch alles funktionsfähig?«

Wie wäre es mit einer Entschuldigung?, denke ich wütend und klopfe den Staub von meiner Jeans.

»Tut mir übrigens leid«, schiebt er nun doch noch ohne Aufforderung nach. »Kannst du mir verzeihen?«

»Mal sehen«, halte ich mich bedeckt. »Was machst du eigentlich hier in der Gegend, du wohnst doch bei uns in der Reihenhaussiedlung?«

Er antwortet nicht direkt, sondern fragt: »Wie findest du denn die Neue?«

Na, wenn er das nicht gemerkt hat. »Ziemlich unverschämt und seltsam«, rutscht es mir spontan raus. Entsetzt schlage ich die Hand vor den Mund. Meine Meinung geht ihn ja wirklich gar nichts an. Aber er hat es natürlich gleich registriert, dass ich mit Céline ein Problem habe. Er offenbar ebenfalls. Die Abfuhr, die sie auch ihm vor der ganzen Klasse erteilt hat, scheint ihn immer noch zu wurmen.

»Sehe ich genauso«, sagt er knapp.

»Und?«

»Was und?«

»Das ist keine Antwort auf meine Frage. Ich wollte wissen, warum du gerade hier skatest, du wohnst doch in der Siedlung?«

Er druckst herum und tut so, als müsste er seine Skater-Klamotten auch noch ein bisschen vom Straßenstaub säubern. Mit gesenktem Kopf nuschelt er dabei: »Na ja, ich bin da mal am Internat vorbeigegurkt … da hat sie grade so 'ne Fahne von ihrem Fenster abgenommen und was anderes reingehängt.«

Nun muss ich grinsen, denn ich weiß ja, was.

»Lass mich raten«, spiele ich ein kleines Spiel mit ihm und markiere die Ahnungslose: »Vielleicht ein paar Schrumpfköpfe und einen Traumfänger?«

Er starrt mich sprachlos an. Nun hab ich wieder Oberwasser.

»Willste reinkommen und 'ne Coke mit mir trinken auf

den Schreck?« Welchen Schreck ich meine, lasse ich offen. Er nickt und wir sitzen wenig später bei uns am Küchentisch.

»Schön hat's dein Vater hier. So viel Platz …«

Ich nicke und werfe uns Eiswürfel ins Glas. Weil Rob ein Netter ist und wir schließlich alte Grundschulkumpel sind, erzähle ich ihm – natürlich unter dem Siegel größter Verschwiegenheit – von unserer Spionage-Aktion. Er ist baff.

»Im Ernst, das habt ihr wirklich gemacht?«, fragt er mit sichtlichen Zweifeln.

Ich nicke.

»Echt, ohne Scheiß jetzt?«

Ich nicke noch mal.

»Einfach so ins Internat rein, um das Mädel abzuchecken?«

»Mann, ja, wenn ich es doch sage. Hanna hat sich auf der Flucht sogar den Knöchel verstaucht. Kannste ja morgen sehen, wenn du mir nicht glaubst und sie überhaupt in die Schule kommt.«

»Ich glaube dir ja.«

»Mein Vater bringt sie nämlich grade mit dem Auto nach Hause.«

»Ach so.«

Nun fällt ihm wohl ein, dass er auch heimmuss, ist schließlich bald Zeit fürs Abendessen.

»Hör mal«, sagt er und steht auf. »Wollen wir uns nicht zusammentun?«

Ich stehe auf dem Schlauch. Was will der von mir? Verunsichert schaue ich ihn an.

»Na ja, wir Skater sind doch schnell und beweglich, wir könnten Céline ziemlich effektiv beschatten.«

Ich frage erst mich und dann ihn, warum er das machen will, also mit den GIRLS zusammenarbeiten.

Er zuckt mit den Schultern und sieht nun selbst verlegen aus. »Einfach so, ist ökonomisch, Arbeitsteilung ...«

Ich bin mir nicht sicher, ob ich so ein Angebot von dem Chef einer Jungengang annehmen soll und was Hanna und Stine dazu sagen würden. Also linse ich mal wieder auf meinen Lebenskompass, in der Hoffnung, dass der mir die Richtung weist. Jungs oder no Jungs, das ist hier die Frage!

Zu Robroy sage ich dabei schon mal vorsorglich: »Eigentlich wollten wir mit der Überwachung aufhören ... weil äh ...«

... es doch eigentlich ziemlich lächerlich und peinlich ist, eine neue Mitschülerin auszuspionieren, will ich sagen. Aber als ich auf die Kompassnadel schaue, breche ich mitten im Satz ab. Denn die zeigt klar und deutlich auf DRANBLEIBEN!

Nun ja, dann eben schneller Kurswechsel!

»Okay«, lehne ich also nicht sofort ab, »ich schlage Hanna und Stine dein Angebot mal vor.«

Und als er auf seinem Skateboard davondüst, finde ich die Idee echt abgefahren und denke zufrieden: Passt schon, man gibt einfach nicht vor der Zeit auf! Schon gar nicht, wenn man Lotte Lindberg heißt und ein alter Kumpel seine Hilfe anbietet!

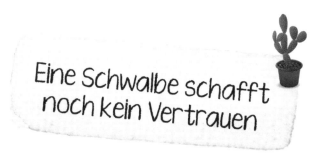

Eine Schwalbe schafft noch kein Vertrauen

Der Schreck lässt mich stolpern und ich falle die enge Wendeltreppe hinunter, Stufe für Stufe, überschlage mich mehrfach, und als ich unten an ihrem Fuß lande, befürchte ich, keinen einzigen heilen Knochen mehr im Leib zu haben ... Und nirgends Rettung in Aussicht ... Oben vor Agnetas Gefängnis lauert der kläffende Kettenköter und unten vor dem Turm ahnt Prinz Eron nicht, dass ich hilflos hinter der großen Tür mit den vielen Schlössern liege, für die niemand von uns auch nur einen einzigen Schlüssel besitzt ...

»Papa«, fällt es mir am nächsten Morgen nach diesem Albtraum beim Frühstück brühheiß ein, »ich brauche dringend noch eine Entschuldigung für Zwiefalten, der kläfft mich ... äh ... schnauzt mich sonst garantiert an. Ich habe doch gestern in der ersten Stunde gefehlt – weil Mama krank war.«

Dass ich den größten Teil der Stunde in der Cafeteria abgebummelt habe, wollte ich eigentlich für mich behalten, aber wie ich so bin, sprudelt es dann doch heraus.

Papa lacht nur und fragt: »Wie bist du denn auf diese Idee gekommen. Für so gewitzt habe ich dich bisher eigentlich nicht gehalten.«

Weil das stimmt und ich ja sonst wirklich eher etwas ängstlich bin, erzähle ich ihm auch noch rasch von der Sache mit meinem Lebenskompass. »Der coole Tipp kam von dem. Ich glaube, ich werd jetzt öfter mal darauf hören.«

»Na«, meint mein Dad dazu jedoch mit einem eher belustigten Augenzwinkern, »dann pass nur gut auf, dass du mit dem Kompass nicht in ein Magnetfeld gerätst.«

»Wieso denn das?«

»Na ja, da wird die Nadel von den Magnetkräften abgelenkt und kann sogar wild ins Kreiseln geraten.«

Er holt einen hufeisenförmigen Magneten aus der Schublade und aus seinem Zimmer seinen Wanderkompass.

Sobald er den in die Nähe des Magneten hält, beginnt die Kompassnadel tatsächlich verrücktzuspielen. Schließlich dreht sie sich wie irre im Kreis.

Hm, das sieht nicht gut aus, in so einer Situation würde ja vermutlich dann auch mein ganzes Leben ins Trudeln geraten. Nee, da muss ich echt aufpassen, glaube ich.

»Woran erkennt man solche Magnetfelder denn früh genug?«

Papa schiebt das Geschirr zusammen. »Schwirig, die sind ja vollkommen unsichtbar und man ist plötzlich drin, ohne es vorher zu ahnen.«

Super, hilft mir ja jetzt voll weiter. Klingt wie mein bisheriges Leben; die Fettnäpfchen, in die ich so gerne reinstolpere, kündigen sich leider auch meistens nicht vorher an, sondern stehen ganz plötzlich im Weg.

Ich schaue auf die Uhr. Oha, keine Zeit mehr, das jetzt auszudiskutieren, sonst kann Papa mir gleich die nächste

Entschuldigung schreiben … und jede Mathestunde sollte ich ja schließlich auch nicht klemmen und mit Frau Geigers Apfeltaschen verbringen. Heute habe ich außerdem schon gut gefrühstückt.

Ich springe auf, greife nach der Entschuldigung, drücke Papa ein Busserl auf die Wange und verabschiede mich mit meinem vielseitigen Standardspruch: »Ich bin dann mal weg!« Nicht sehr originell, aber entspricht schließlich der Wahrheit.

Das kurze Stück zur Schule kann ich locker zu Fuß gehen und komme dabei – rein zufällig natürlich – am Internat vorbei. Ist ja wohl klar, dass ich mal eben einen Blick zu Célines Zimmerfenster hochschicke. Aha, die Fahne hängt wieder im Fenster und die Schrumpfköpfe sind verschwunden. Dann ist Céline offensichtlich schon weg. Gut, so kann sie mir wenigstens nicht über den Weg laufen. Denkste!

Ich pilgere also relaxt am Internat vorbei, als sie mir aus dem Eingang mit einer Wahnsinns-Schwalbe geradezu vor die Füße fällt. Mann, wieso hat die denn so einen Speed drauf? Okay, viel Zeit bis zum Klingeln ist echt nicht mehr.

Céline rappelt sich auf und ich reiche ihr den großen Lederbeutel, der auf dem Gehweg direkt vor mir gelandet ist. Statt sich zu bedanken, knurrt sie: »Was glotzt du so?«

Ihre direkte Art verwirrt mich. »Äh, ich, äh, glotze doch gar nicht, ich hab dir nur deinen Beutel aufgehoben.«

»Habe ich dich drum gebeten? Ich mag es nicht, wenn jeder meine Sachen antatscht.«

OMG! War ich jeder?

»Na, dann nicht«, sage ich nun auch pampig. »Glaub nicht, dass ich dir noch mal helfe.«

»Musst du auch nicht, ich komme nämlich ganz gut allein klar.«

»Sieht man ja. Du blutest übrigens am Ellbogen. Aber Pflaster haste ja sicher selber dabei.«

Hat sie natürlich nicht, gibt es aber nicht zu, sondern zieht ein buntes Tuch aus ihrem Lederbeutel und versucht sich das an der verletzten Stelle um den Arm zu knoten. Was sie natürlich nicht so einfach mit einer Hand hinkriegt. Aber ich denke nicht daran, ihr zu helfen. Soll sie doch sehen, wie sie allein klarkommt.

Des Menschen Wille ist sein Himmelreich, predigt Oma Petersen immer, wenn ich mal wieder mit dem Kopf durch die Wand will und sie bereits vorhersieht, dass ich auf diese Weise bestimmt nicht ans Ziel komme. Aber genauso wenig, wie sie bei mir, mische ich mich jetzt bei Céline ein.

»Na, viel Spaß noch«, werfe ich stattdessen nur lässig hin. »Soll ich Zwiefalten Bescheid sagen, dass du etwas später kommst, weil du zum Notarzt musstest?«

Ihr Blick brennt förmlich, so wütend ist sie, aber sie beherrscht sich und schweigt. Also überlasse ich sie ihrem Schicksal. Eigentlich blöd, ich hätte ihr ruck, zuck einen Notverband mit dem Tuch machen können, ich hab sogar Pflaster dabei …

Nein, kein Mitleid, das hat sie nicht verdient, so wie sie sich mir gegenüber verhält. Dann schiele ich aber doch noch mal schnell auf meinen Lebenskompass und hätte ihn am liebsten sofort in die nächste Ecke gepfeffert, denn die Nadel zeigt keineswegs zur Schule, sondern zu Céline zurück. Bockmist. Meint der das ernst oder stehe ich in einem Magnetfeld?

Nee, zurück zu ihr gehe ich auf keinen Fall! Bin doch nicht ihr Dödel! Na gut, ich kann ja ein bisschen weniger Speed geben, falls der Kompass doch recht hat. Wenn sie mich dann einholt, frage ich sie einfach, ob ich ihr ein Pflaster geben soll. Das ist aber wirklich schon übertrieben freundlich. Mehr ist echt nicht drin, wenn ich mich nicht zum Affen machen will.

Ich schlendere also quasi in Zeitlupe weiter in Richtung Schule. Weil Céline immer noch hinter mir ist, bleibe ich an der nächsten Kreuzung stehen und tue so, als ob ich was in meiner Schultasche suchen würde. Sie bleibt auch stehen. Wenn wir dieses Spielchen weiterspielen, kommen wir alle beide zu spät. Ich habe keine Lust mehr, schiele auf den Kompass und hoffe, dass er es sich inzwischen anders überlegt hat. Leider nein, und weil die Nadel immer noch zu Céline zeigt, drehe ich mich nun doch um und gehe ihr mit wenigen raschen Schritten ein Stückchen entgegen.

»Haste dir auch das Knie aufgeschlagen oder die Füße verstaucht«, blaffe ich sie unfreundlich an, »oder warum schleichst du so? Willst du, dass Zwiefalten uns beide zusammenfaltet? Ich habe da keinen Bock drauf.«

Sie ist von meiner spontanen Aktion völlig überrumpelt, starrt mich sprachlos an und scheint im Moment gar nicht mehr klarzukommen. Das nutze ich natürlich aus, grapsche nach ihrem Arm, um den das Tuch wirklich ziemlich schlampig gebunden ist, schiebe es ein Stückchen von der Wunde runter und sehe sie mir an. Ganz taff – Krankenschwester im Notfalleinsatz. Puh, kein leckerer Anblick. Sie hat eine breite Schürfwunde am Ellbogen, aus der immer noch Blut quillt. Außerdem ist ziemlich viel Schmutz drin.

»Okay, ich klebe dir da jetzt ein Pflaster drauf und in der Schule gehst du zum Sani-Dienst. Die wissen dann schon, was gemacht werden muss, auf jeden Fall erst mal reinigen und desinfizieren.«

Sie sagt immer noch nichts. Ist auch besser so, noch eine Unverschämtheit von ihr und ich vergesse trotz Kompass mein gutes Benehmen und lasse sie stehen. Ich fische in meiner Schultasche nach der Pflasterdose, da ist auch immer ein extra großes für aufgeschlagene Knie drin. Mama will das so, obwohl ich mir seit gefühlten hundert Jahren das Knie nicht mehr aufgeschlagen habe. Okay, jetzt erweist sich ihre Vorsorge ja als nützlich.

Ich pappe Céline das Megapflaster auf ihre immer noch sehr hässlich aussehende Wunde. Tut bestimmt sauweh, denke ich, verkneife mir aber eine mitleidige Bemerkung. Erst mal könnte sie ja ein Dankeschön rüberschicken.

Tut sie nicht. Na ja, vielleicht ist sie etwas durcheinander, war ja schon eine ziemlich heftige Schwalbe, die sie da vor den Eingangsstufen des Internats hingelegt hat. Ob sie über ihren langen Rock gestolpert ist? Warum trägt sie auch so was Unpraktisches?!

Die Ampel zeigt grün und wir gehen wortlos nebeneinander über die Straße. Als wir schweigend die Schule erreichen, hat es schon zum ersten Mal geklingelt.

Im Sani-Raum ist niemand.

»Dann komm erst mal mit in die Klasse. Kannst ja Zwiefalten bitten, dass er dich während der Stunde gehen lässt.«

Diesmal nickt sie wenigstens.

Wir schaffen es noch, kurz vor unserem Mathelehrer in die

Klasse zu schlüpfen. Da trennen sich unsere Wege endlich wieder. Mit einem erleichterten Aufatmen lasse ich mich neben Hanna auf meinen Platz fallen. Die schaut mich fragend an, aber weil Zwiefalten sofort an die Tafel tritt, ist keine Zeit mehr für eine Erklärung.

»Später«, zische ich daher nur.

Als ich aufstehe, um Zwiefalten meine Entschuldigung auf den Lehrertisch zu legen, merkt er, dass ich immer noch in seiner Klasse bin.

»Lotte Lindberg?«, sagt er verwundert. »Ich dachte, du wärst auf der Realschule, wo du übrigens meiner Meinung nach auch hingehörst. Wieso hast du gestern, wohlgemerkt am ersten Tag nach den Ferien, unentschuldigt den Unterricht versäumt?« Seine Tonlage wird zum Ende hin immer unfreundlicher und prompt flattern meine Nerven.

»Äh, das, äh, steht in der Entschuldigung, meine Mutter war krank … äh … ja.« Ich fühle mich belämmert und will möglichst unauffällig wieder zu meinem Platz schleichen, als er mich andonnert: »Hiergeblieben!«

Er nimmt die Entschuldigung in die Hand und liest sie, während ich wie ein armer Sünder mit gesenktem Kopf vor dem Lehrertisch stehe. Jetzt wäre ich wirklich gerne mal wieder weg!

»Soso«, sagt Zwiefalten und die beiden berüchtigten Zornesfalten erscheinen auf seiner Stirn, sie entspringen genau an der Nasenwurzel. Das bedeutet nichts Gutes.

»Deine *Mutter* war krank und wieso schreibt dir dann dein *Vater* die Entschuldigung? Ich denke, deine Eltern leben getrennt.« Tut das was zur Sache?

»Äh, ich, äh, meiner Mutter geht es immer noch nicht gut ... darum bin ich bei meinem Vater. Es, es war auch nur die erste Stunde, dann war ich ja da.«

»NUR die erste Stunde? NUR MATHEMATIK willst du wohl sagen? Nimm dich in Acht, Lotte! Wenn du in meinem Fach in diesem Schuljahr genauso unaufmerksam bist wie im letzten, dann werde ich noch im ersten Halbjahr dafür sorgen, dass du nachträglich in die Realschule versetzt wirst.«

Manno, der tat ja grade so, als wenn das eine Strafe wäre. Dabei finden es viele Kinder aus unserer Siedlung da ziemlich cool. »Alles viel entspannter als auf dem Gymmi!«

Ein Wechsel kommt für mich dennoch nicht infrage, schließlich will ich in der Schule bei meinen Freundinnen sein. Dafür halte ich aber grade 'ne Menge aus, denn Herr Bergmann starrt mich immer noch bedrohlich an und ich fühle mich ganz und gar geschrumpft ... äh ... nein ... warum muss ich denn ausgerechnet jetzt an Schrumpfköpfe denken?

Ich kichere reichlich unmotiviert los, denn vor meinen Augen sehe ich Zwiefaltens Gesicht mitsamt seinen Zornesfalten im Zeitraffer regelrecht einschrumpeln. Wirklich, das sieht richtig abgefahren aus. Da hätte jeder gekichert ... ähm ... ja ...

»Das Kichern wird dir noch vergehen«, knurrt dieses Schrumpelköpfchen in meine fantasievolle Abschweifung hinein. »Hol dir nach der Stunde eine Sonderaufgabe ab. Setzen!«

Mit kaum noch unterdrücktem Lachen stürze ich an meinen Platz zurück. Dort tauche ich erst mal unter den Tisch ab und pruste in meine Hände, bevor ich an dem aufgestauten

Gelächter ersticke. OMG! Bei Bergmann bin ich aber nun wohl endgültig untendurch.

Als ich mit puterrotem Kopf wieder auftauche, begegne ich Célines Blick. Er ist wie immer undefinierbar. Himmel! Bin ich denn nur von Freaks umgeben? Ich schaue verzweifelt in die Runde und streife Robroy, der aufmerksam zur Tafel sieht, nun aber den Kopf zu mir dreht. Er grinst. Klar, so tomatig, wie ich aussehen muss, biete ich bestimmt einen voll albernen Anblick. Ich bemühe mich dennoch, taff zurückzugrinsen.

Er macht unauffällig ein Victory-Zeichen mit der rechten Hand und dann eine leichte Kopfbewegung zu Céline.

Okay, das soll wohl heißen, dass unsere Verabredung von gestern noch steht. Ich nicke leicht. Dann würde ich wohl in der großen Pause meine Freundinnen einweihen müssen.

Ich schiele unauffällig zu Céline rüber. Warum hat sie mich nicht mal gerettet und gefragt, ob sie zum Sani-Dienst gehen darf? Das hätte Zwiefalten bestimmt von mir abgelenkt. Außerdem ist die Wunde wirklich ziemlich dreckig gewesen und selbst ihr wünsche ich keine Blutvergiftung.

Auf ihrem Arm klebt immer noch mein großes Pflaster und ich finde es ehrlich gesagt plötzlich ziemlich kindisch, weiter hinter ihr herzuspionieren und sie auch noch von der Skatergang beschatten zu lassen. Sind wir auf dem Gymnasium oder spielen wir im Kindergarten Gangster und Detektiv?

Dennoch steht Robroys Angebot an die GIRLS und wir müssen also ein Meeting einberufen, um das zu entscheiden.

Blitzkonferenz unter der Kastanie auf dem Schulhof, signalisiere ich meinen Freundinnen in der kleinen Pause. Gespannte Erwartung schlägt mir entgegen, aber ich halte mich bedeckt. Sollen die mal schön ihre Neugier zügeln, bis es so weit ist. In der brodelnden Klasse gibt es viel zu viele Ohren, da spricht man besser nicht über solche geheimen Dinge. Viola und ihre Chicks schauen sowieso schon wieder sehr auffällig zu uns rüber und haben bestimmt ihre Lauscher aufgestellt.

Erst jetzt sehe ich den Stretch-Verband an Hannas Fußgelenk. »Warst du in der Ambulanz?«, frage ich, denn der sieht professionell aus. Sie schüttelt den Kopf.

»Ist nur verstaucht, meint meine Mutter, und ist auch schon wieder viel besser. Die hat voll das Wundergel für so was.«

»Bist du mit dem Fahrrad da?«, frage ich aber doch etwas besorgt.

Sie schüttelt den Kopf. »Nee, mein Dad hat mich gefahren. Aber eigentlich geht es schon wieder.«

Weil Céline auch in der kleinen Pause und in der nächsten Stunde bei Frau Weisgerber nichts unternimmt, schleife ich sie, trotz ihrer Weigerung, gleich zu Beginn der großen Pause höchstpersönlich zum Sani-Dienst.

Da mich die leicht humpelnde Hanna und Stine dabei unterstützen, gibt sie schließlich ihren Widerstand mit der Bemerkung auf: »Bei Mama Pacha, macht ihr hier immer wegen einem kleinen Kratzer so einen Aufriss? Euch hat wohl noch nie 'ne Schlange gebissen?«

Spricht's und knallt die Tür hinter sich zu.

Ich starre auf das große rote Kreuz und den darunter geschmierten Spruch *Hier werden Sie geholfen!* und bin mir ziemlich sicher, dass dem Mädchen nicht zu helfen ist.

»Die ist doch vom Affen gebissen«, rutscht es mir raus, und wir machen kichernd, dass wir auf den Schulhof kommen. »Und wer zum Kuckuck ist Mama Pacha?«

Stine googelt es schnell: »Südamerikanische Göttin, Mutter der Welt und des Kosmos.«

»Aha«, sage ich und wundere mich, woher Céline so was weiß.

Im Schatten der großen alten Kastanie erzähle ich den GIRLS von Robroys Angebot, Céline mithilfe seiner Kumpels von den Board-Brothers zu observieren.

»Aber das machen *wir* doch schon selber«, ist Hanna gar nicht begeistert. »Warum denn jetzt plötzlich mit Jungs?«

Es klingt, als wollte sie sagen: *Lass mich bloß mit Jungs in Ruhe, ich habe mit meinen zwei Brüdern genug am Hals!* Andererseits scheint sie aber auch noch voll im Bann der Schrumpfköpfe zu stehen, weshalb sie grundsätzlich an der Idee, Céline auszuforschen, festhält. Hm, ist ja megahilfreich. Ich erwarte nun von Stine eine klarere Position. Ich selbst bin ziemlich unentschieden, denn eigentlich fände ich es cool, mit Robroy und seiner Skatergang zusammenzuarbeiten. Bei denen ist nämlich immer was los und ich liebe nun mal Action.

Okay, Stine ist dagegen. Dennoch mache ich noch einen Versuch. »Ich kenne Robroy schon von der Grundschule, der ist cool und hat voll den Durchblick! Wir waren immer Kumpel … sogar ein Baumhaus haben wir zusammen gebaut, auf dem alten Gut …« Ich merke, dass ich mindestens rosa anlaufe, und breche mitten im Satz ab. Was rede ich denn da? Ist doch echt albern, wer interessiert sich auf dem Gymnasium noch für Baumhäuser?! Kinderkram! Stimmt, andererseits … ob es wohl noch existiert und wenn ja, hat es neue Bewohner? Es wäre ein herrliches Refugium für die Waldschrate aus Elysium …

Bei dem Gedanken muss ich lächeln und sage ziemlich verpeilt: »War eigentlich eine schöne Zeit …«

»Mit der Betonung auf *war*«, fällt mir Stine ins Wort. »Aber wir *sind* deine Freundinnen!« Sie legt freundschaftlich den Arm um mich. »Im Ernst, Lotte, meinst du nicht, wir können Célines Geheimnis auch ohne die Hilfe von den Jungs rauskriegen?«

»Klar können wir das auch ohne die Board-Brothers«, gebe ich zu und beschließe, in Zukunft Robroy bei meiner Mädchenfreundschaft außen vor zu lassen. GIRLS sind nun mal Girls! Only Girls!

»Wieso bist du eigentlich mit Robroy so dicke?«, will Stine trotzdem noch wissen. »Der reißt sich doch nicht nur wegen eurem alten Baumhaus für dich ein Bein aus?« Klingt sie etwa ein wenig eifersüchtig?

»Macht der doch gar nicht. Also, sich für mich ein Bein ausreißen. Der hat uns halt gestern am Internat beobachtet und die Jungs sind einfach nur genauso neugierig wie wir. Lag darum nahe, sich zusammenzutun. Aber wenn ihr nicht wollt, ist das doch jetzt erledigt.«

Stine zuckt mit der Schulter, wie sie es meistens tut, wenn ihr was nicht wirklich einleuchtet, und lenkt das Gespräch auf ein anderes Thema. »Was ist denn eigentlich mit Céline passiert? Hast du sie auf dem Schulweg verprügelt?« Sie grinst herausfordernd.

»Quatsch. Sie hat sich auf den Gehweg gesemmelt, genau vor meine Füße, als ich am Internat vorbeigekommen bin.«
»Aha, rein zufällig?«
»Ja. Was dagegen? Ist der kürzeste Weg.«
Sie nickt sehr übertrieben. »Der kürzeste Weg, ach ja?«
»Mensch, Stine, hör auf damit«, mischt Hanna sich jetzt ein. »Was soll das Gezicke?« Und zu mir gewandt fragt sie: »Hast du ihr geholfen? Ist das Pflaster von dir?«
Sie weiß genau, dass ich immer so ein Teil dabeihabe. Also gebe ich es zu. »Ich konnte sie ja schließlich nicht verbluten lassen.« Das sieht Hanna ein, sie besitzt nämlich ein total mitfühlendes Herz.
»Das ändert aber natürlich nichts«, füge ich der Klarheit halber jedoch noch hinzu. »Sie ist einfach total abweisend und ich wüsste wirklich gerne, was dahintersteckt. Nicht mal bedankt hat sie sich. Ehrlich, ich verstehe sie nicht. Hat sie denn überhaupt kein Vertrauen zu uns?«

Céline und andere Merkwürdigkeiten

Der Wind heult schaurig um den Hexenturm, in dem Grusella Prinzessin Agneta, die liebreizende Schwester von Prinz Eron, nun schon seit dem letzten Vollmond gefangen hält. Einsam und verzweifelt steht sie in luftiger Höhe mit sturmzerzaustem Haar auf dem kleinen Balkon ihrer Kammer. Tränen laufen über ihr Gesicht und sie hält sehnsüchtig nach ihrem Retter Ausschau. Wird ihr tapferer Bruder den Pegasus finden, das geflügelte Ross, das allein fähig ist, ihn zu ihrem Gefängnis hinaufzutragen, um sie den Klauen der Hexe zu entreißen …?

»Hey, was geht?« Eine Jungenstimme schreckt mich aus meinen Gedanken. Ich bin auf dem Heimweg zu Papa, als ein Skateboard neben mir auf der Straße auftaucht.

»Hast du mit deinen GIRLS gesprochen?«

Es ist Robroy. Er grindet ein Stück auf dem Bordstein entlang und poppt dann einen Ollie. Danach fängt er das Board mit den Händen auf und schlendert megalässig auf mich zu. Der Junge hat's drauf, und es tut mir echt leid, sein Angebot zur Zusammenarbeit ablehnen zu müssen. Aber wenn ich ehrlich bin, finde ich die anderen Board-Brothers nicht halb so cool wie ihn, kann also auf die wirklich gut verzichten.

Ich verkünde daher: »Ja, hab ich, also mit meinen Freundinnen gesprochen.«

»Und, geht das klar mit uns?«

Uups! Ich schüttle den Kopf. »Nee, die wollen da nicht so eine große Sache draus machen. Danke, war 'ne coole Idee, aber ich bin überstimmt worden. Bei uns GIRLS geht es demokratisch zu, da muss ich das akzeptieren.«

»Verstehe«, sagt Rob. »Kann man nichts machen. Vielleicht erzähltest mir aber mal, was ihr über Céline rauskriegt, würde mich schon interessieren. Nach der Klavierstunde oder so ...«

»Oder so ...«, sagte ich etwas verpeilt, »... kann ich machen.«

Er springt auf sein Board, tippt sich an sein Cap und düst mit Hyperspeed davon, dabei ruft er: »Man sieht sich!«

Papa hat gekocht, *Quer durch den Garten* heißt das Gericht und ist eine Art Eintopf mit nahezu allem, was der Garten an Essbarem zu bieten hat: Möhren, Kartoffeln, Bohnen, Zucchini, Tomaten, Paprika, Auberginen ... sämtliches Gemüse um ein Stück Suppenfleisch versammelt in einer galaktisch leckeren Brühe. Wie aus dem Kochstudio eines Brühwürfelherstellers. Ach was, viel besser! Ist schließlich auch alles noch mit frischen Kräutern abgeschmeckt.

»Du bist ein Spitzenkoch, Papa, von mir kriegst du fünf Sterne und die goldene Kochmütze«, lobe ich aus vollstem Herzen ... äh ... Bauch und kriege das Eis zum Nachtisch kaum noch unter, weil ich mir zweimal nachgenommen habe.

»Mama weiß gar nicht, was ihr da entgeht.«

Papa schmunzelt sich was in seinen Bart.

»Ich glaube, das weiß sie sehr gut, aber so wie sie im Stress ist, kommt sie ja kaum zum Essen, egal wie gut es gekocht ist.«

Stimmt, in der Zeit vor ihrer Trennung hat fast immer Papa gekocht und sie hat entweder gar nichts davon gegessen oder es kommentarlos in sich reingestopft. Klar, dass Papa bald keinen Bock mehr darauf hatte.

»Zum Kochen kommt sie leider auch nicht«, muss ich zugeben. Wir essen ständig Chinesisch vom Take-away oder Wraps vom Mexikaner bei ihrer Redaktion.

Papas Augen füllen sich mit Mitleid für seine offensichtlich vernachlässigte Tochter, mehr aber noch für meine Rabenmutter. Ob ich eine Fastfood-Mangelkrankheit bekomme, ist ihm scheinbar wumpe.

»Die kriegst du nicht«, bleibt er cremig, »schließlich isst du ja die halbe Woche bei mir was Vernünftiges. Aber um deine Mutter mache ich mir ernsthafte Sorgen. Hat sie denn wirklich bei dieser Mädchenzeitschrift so viel zu tun? Wie heißt die noch gleich?«

»*Power Girls*«, helfe ich seiner Erinnerung auf die Sprünge. »Seit sie auch noch die Lebensberatung übernommen hat, bringt sie körbeweise Post aus der Redaktion mit nach Hause. Hanna und ich helfen ihr zwar beim Sortieren, aber beantworten muss sie die interessantesten Zuschriften ja selbst. Die Mädchen lieben sie für ihre Ratschläge.«

»Und wie ist es bei dir?«

»Wie *bei mir*?«

»Na ja, wie sieht es bei dir mit der Lebensberatung aus? Dein Kompass ist doch nicht etwa ein Ersatz für die fehlenden Ratschläge deiner Mutter, oder?«

Ach, herrje, da hat Papa aber ein heißes Eisen angepackt. Wie komme ich denn da jetzt elegant wieder raus, ohne Mama wie ein rohes Ei in die Pfanne zu hauen?

»N…nein …«, stammle ich zunächst, kriege dann aber die Kurve, »für meine Alltagsprobleme reicht der, aber wenn ich mal ein richtig echtes Problem habe, dann ist Mama auf jeden Fall für mich da.«

»Ich natürlich auch«, sagt Papa ganz lieb und scheint erleichtert. »Versprich mir, dass du dich immer vertrauensvoll an uns wendest. Egal ob das Problem in deinen Augen klein oder groß ist. Wir sind beide immer für dich da – daran hat unsere Trennung nichts geändert.«

Er lächelt verschmitzt und zwinkert mir dabei zu. »Sie ist ja auch wirklich nur auf Probe.«

Eine ziemlich lange Probe, denke ich und nehme das nicht halb so locker wie er. Denn wie Papa sich hier einrichtet, wirkt das ganz und gar nicht wie ein Provisorium. Ehrlich gesagt sieht es für mich nicht so aus, als ob er jemals wieder in unser Reihenhaus bei Mama einziehen möchte. Und wie ich Mama kenne, hat die umgekehrt nach wie vor keinen Bock auf Papas »Gruselvilla«, Gewächshaus hin oder her. Ich seufze frustriert.

Aufmerksam, wie er ist, kriegt Papa es natürlich mit.

»Warum seufzt du, Lotte?«, fragt er sofort. »Hast du doch ein Problem? Du kannst es mir ruhig sagen.«

Ich schüttle heftig den Kopf. »Nein, nein, ich hab nur an die Sonderaufgabe von Zwiefalten gedacht und dass ich morgen noch Klavier üben muss.« Ich stehe vom Esstisch auf und räume das Geschirr in die Spüle. »Wenn du mir ein Stück aus Elysium vorliest, wasche ich ab«, biete ich an.

Jahaaaa, ich kann selber lesen, aber Papa liest ganz super vor. Er war mal Schauspieler und hat Hörbücher gesprochen. Seine Stimme ist ganz sanft, wie mit Samt belegt, und wenn er Prinz Eron spricht, ist es, als stünde er bei uns in der Küche …

»Mach ich doch gern«, geht Papa auf den Deal ein und holt das Buch aus meinem Zimmer, während ich die Reste vom Essen im Müll entsorge. Die kommen in die Biotonne.

Heute Abend müssen wir was Besonderes machen, überlege ich, denn morgen fahre ich nach der Schule gleich zu Mama, damit wir nicht ganz durcheinanderkommen mit den Papa- und den Mama-Tagen. Sie ist wieder fit und außerdem habe ich ja am Nachmittag Klavierstunde bei Oma Petersen. Trotzdem würde ich gerade in dieser Woche gerne noch etwas länger bei Papa bleiben. Okay, ich gebe es ja zu, auch wegen Céline.

»Lies von dem weißen Einhorn«, bitte ich Papa und greife nach der Spülbürste. »Da, wo Prinz Eron es verletzt im Finsterwald findet und vor den Fehnwölfen rettet.«

Der Finsterwald ist das dunkle Revier der Fehnwölfe, die das Blut von Einhörnern trinken, wenn sich diese in ihren Wald verirrt haben. Eron jedoch kann diesmal ein Einhorn vor ihnen retten. Hach, das ist so rührend und Eron ist so tapfer und cool!

Am Nachmittag baut Papa zwei neue Aquarien ins Gewächshaus ein. Die sind ziemlich groß. Das eine stattet er auch gleich mit einer fantastischen Unterwasserwelt aus und pflanzt verschiedene Algensorten und wunderschöne pinke Seeanemonen hinein, die mit ihren zarten Tentakeln wie vom Wind bewegte Blüten aussehen. Dass sie damit eigentlich nur ihre Nahrung suchen und in sich hineinstrudeln, glaubt man fast gar nicht.

Papa hat auch schon den ersten Besatz besorgt.

»Skalare!«, rufe ich begeistert. »Sind die schön!«

Wir setzen die bunten und teilweise auffällig schwarz-weiß gestreiften Fische behutsam aus dem Transportbehälter in das Aquarium um, was ihnen sichtlich gefällt, denn bald gleiten sie ruhig und anmutig durch ihr neues Zuhause.

Ich rufe Stine an. »Willst du ein bisschen rüberkommen?«, frage ich mit kaum unterdrückter Begeisterung. Sie merkt es und will wissen, was los ist. Aber ich verrate ihr nichts, sondern locke sie durch meine Geheimniskrämerei rüber.

»Toll«, ruft sie entzückt aus, als wir später gemeinsam den Skalaren zuschauen. »Wirklich schön. Es passt wunderbar hierher.«

Sie kichert plötzlich. »Céline hätte sicherlich lieber Piranhas im Becken als Skalare.« Sehr witzig!

»Wir halten nur vegetarische Fische«, sage ich etwas angenervt. »Und nur weil einer Schrumpfköpfe sammelt, muss er ja nicht auch auf fleischfressende Raubfische stehen.«

»Nein, muss er nicht«, gibt Stine zu, wundert sich aber, warum ich plötzlich Céline verteidige.

»Ich verteidige sie ja gar nicht und vielleicht steht sie wirklich auf Piranhas, der ist alles zuzutrauen. Es nervt mich nur, dass wir ständig über sie spekulieren, aber in Wirklichkeit kein bisschen mehr von ihr wissen als gestern.«

»Und wenn wir noch mal ins Internat gehen und die anderen Schüler befragen, die auf ihrem Flur wohnen?«, schlägt Stine vor.

Die Idee finde ich zwar nicht schlecht, aber schwer umsetzbar. »Ich kenne niemanden da und ich glaube nicht, dass die einer Fremden einfach so etwas über eine Mitbewohnerin erzählen würden.«

Stine gibt mir recht, also war das mal wieder nichts.

»Vielleicht kommt uns ja morgen eine Erleuchtung«, sagt sie beim Abschied und grinst. »Ach ja, grüß deinen Vater, und Skalarc sind wirklich viel schöner als Piranhas.« Finde ich auch.

Die andere Hälfte meines Lebens

Ich stehe oben im Turm vor Agnetas Gefängnis, in dem sie einsam und verlassen eingesperrt ist. Ihr Jammern und Klagen dringt sogar durch die massive Tür und mir will fast das Herz brechen bei so viel Traurigkeit ...

Mama ist nicht da. Klar, das schafft sie mittags nicht, aus der City hierher. Aber sie hat mir Essen in den Kühlschrank gestellt. Ich muss es nur aufwärmen. Nichts Selbstgekochtes, sondern Nudeln mit Hühnchen vom Chinesen. Ich klatsche die ganze Ladung in die Wokpfanne und rühre regelmäßig um, damit das Zeug nicht anbrennt.

Ich mag gebratene Nudeln mit Hühnchen, Sprossen und Porree. Nachdem ich mir eine ordentliche Portion auf den Teller geschaufelt habe, gebe ich unserer Hündin Polly den Rest in ihren Fressnapf und setze mich ins Wohnzimmer vor den Fernseher. Füße hoch und entspannen. Ist mir ziemlich egal, was läuft, aber ich esse lieber mit ein paar Stimmen um mich rum. Da fühlt man sich nicht so einsam ... äh ... allein.

Hm, Familiengericht muss ich jetzt allerdings nicht grade haben. Das ist meistens deprimierend und bestimmt nicht gut für die Verdauung. Ich zappe rum, bis ich einen Naturfilm mit romantischer Musikuntermalung finde, das ist genau die richtige Tafelmusik, bestimmt gut für die Verdauung.

Na, Kompass?, denke ich mit vollem Mund – ja, das kann man, mit vollem Mund denken –, nun gib mir doch mal einen ernsthaften Tipp, was ich mit dieser Céline machen soll? Findest du nicht, dass ein Richtungswechsel angebracht wäre? Ich würde sie wirklich gern einfach mal zur Rede stellen und sie fragen, was das ganze Gezicke eigentlich soll. Sie macht sich doch bei Schülern und Lehrern total unbeliebt und fliegt womöglich noch von der Schule.

Die Kompassnadel vibriert zwar ein bisschen, will aber nicht ausschlagen. Wohin auch? Also kaue ich erst mal meine Nudeln weiter und dann an einer konkreten Frage. Ich habe nämlich inzwischen gemerkt, dass so ein Lebenskompass am besten funktioniert, wenn man ihm möglichst präzise Fragen stellt. Am besten gleich zwei, damit er zwischen denen entscheiden kann.

Okay! Frage Nummer 1: Sollen wir Céline weiter heimlich ausspionieren oder

Frage Nummer 2: Sollen wir einfach mal von Mädchen zu Mädchen Klartext mit ihr reden?

Erst mal tut sich nix. Hm, da scheint ja jemand schwer nachdenken zu müssen. Ich fasse meine zweite Frage konkreter:

Sollen wir sie vielleicht mal zu einem GIRLS-Treffen einladen?

Das scheint besser anzukommen, die Nadel neigt sich der Nummer 2 zu, verharrt aber kurz davor. Was soll das denn nun? Also ergänze ich: Im Beisein meiner Freundinnen würde ich ihr dann gern ein bisschen auf den Zahn fühlen … sie ausquetschen, über ihre Familie und so. Wäre das okay oder nicht?

Nun schwingt die Nadel eindeutig zum OKAY. Zufrieden mampfe ich die restlichen Nudeln und hole mir dann noch eine Portion Eis aus dem Kühlschrank. Ich liebe Eis, besonders das mit den gebrannten Walnüssen. Hammerlecker! Ich schicke Hanna eine Nachricht über WhatsApp.

Kannst du nach dem Essen mal rüberkommen? Habe eine neue Idee, wie wir Céline knacken können. Kriegst auch ein Walnusseis.

Klaro, bin schon im Anmarsch!, antwortet sie mit einer Sprachnachricht.

Wenig später treibt mich Pollys freudiges Gebell von meinem *Lotter*lager auf dem Sofa hoch. Wo ich mich breitmache, entsteht das zwangsläufig, egal ob in einer halb verrotteten Jugendstilvilla oder einem modernen Reihenhaus. Hab auch ein Schild, was ich manchmal an meine Zimmertür hänge, damit Mama gewarnt ist:
VORSICHT! LOTTE LOTTERT!!
»Solange du nicht völlig *verlotterst*«, meint sie dazu aber meist nur tiefenentspannt.

Wie immer ist Hanna gleich durch den Garten gekommen, weil ihrer und unserer direkt aneinandergrenzen, und klopft an der Küchentür.

Da stellt mein Wachhündchen natürlich gleich die Lauscher auf. Ich hieve mich vom Sofa hoch und tapere barfuß rüber zur Küche. Im Vorbeigehen packe ich schnell noch meinen Teller in die Spülmaschine, damit es nicht so verlottert aussieht. *g* Mama hat schließlich eine. Papa nicht, aber eigentlich finde ich das gar nicht so schlimm, dafür liest er mir ja öfters beim Geschirrabwaschen aus *Elysium* vor.

Ich öffne Hanna und sie platzt fast vor Neugier. »Erzähl, aber schnell«, sagt sie, »ich hab noch keine Aufgaben gemacht.«

Klar, wann auch?, denke ich. Schließlich wurde ja sicher auch bei ihr erst mal gegessen.

»Okidoki, geht ganz fix. Ich muss nämlich noch Klavier üben«, beruhige ich sie, »um fünf ist Stunde bei Oma Petersen. Aufgaben habe ich auch noch nicht.« Ich gehe zum Kühlschrank.

»Willst du das Eis gleich?«

»Wenn es dir nichts ausmacht.«

»Nö, ich nehme dann auch noch ein bisschen, ich könnt mich da reinsetzen, so lecker ist das.«

Ich kröne jede Portion noch mit einem Häubchen Sahne aus der Sprühdose, dann setzen wir uns in mein Zimmer auf mein modernes Schlafsofa. Lotterbett spezial No. 2! Es ist blau und ein Haufen Kissen in allen möglichen Abstufungen von Neon- bis Blaugrün liegen darauf. Das wirkt sehr frisch. Die Vorhänge vor dem Fenster sind ebenfalls grün und weil sie offen sind, sieht man den kleinen Balkon davor, von dem ich in den Garten schauen kann. Da stehe ich oft abends und betrachte den Sternenhimmel, dann fühle ich mich wie auf Erons Burg und höre die Musik des Universums, den Klang der Sterne und Planeten in der unendlichen Weite des Alls.

»Ich finde es schade, dass wir in Erdkunde noch nicht beim Weltall sind«, sage ich aus diesen Gedanken heraus, »denkst du auch manchmal darüber nach, was in seiner Unendlichkeit so passiert?«

»Ein bisschen, aber lieber suche ich Sternschnuppen am Himmel und schaue mir den Vollmond an. Er soll ganz besondere Kräfte haben. Magische ... wenn du verstehst, was ich meine ...«

Ich nicke, ja, der Mond ist faszinierend, aber bevor ich mehr dazu sagen kann, platzt Hanna schon mit ihrer Frage raus: »Was gibt es denn nun Neues zu Céline, sag schon!«

Himmel, das muss ihr ja richtig auf der Seele gebrannt haben. Ich finde es erstaunlich, welche Faszination von diesem seltsamen Mädchen ausgeht und wie sehr sie sich in unsere Gedanken gedrängt hat.

Aber auch bei den anderen Mitschülern scheint sie ja Gesprächsthema Nummer 1 zu sein. Die Chicks verrenken sich jedenfalls ständig den Hals nach ihr und kommentieren jede ihrer Reaktionen mit ihrem Hühnergegacker.

Hm, denen wollen wir natürlich bei ihr nicht das Feld überlassen, dafür ist sie zu ... äh ... speziell und zu interessant ...

»Also, so wie das heute gelaufen ist, kommen wir bei Céline mit heimlichem Nachforschen nicht weiter. Die nimmt uns auf den Arm und macht sich auch noch bei Lehrern unmöglich. Ich finde, man muss sie ein bisschen vor sich selbst schützen.«

Hanna kriegt derartige Kulleraugen, dass ich fürchte, sie könnten ihr aus dem Kopf kullern, sagt aber dann nur knapp: »Du leidest aber nicht schon wieder an einem Helfersyndrom?«

»Na ja, in gewisser Weise schon. Einerseits will ich mir von

Céline nicht länger dumm kommen lassen, andererseits habe ich das Gefühl, dass sie sich mit ihrer Art bald ziemlichen Ärger einhandeln könnte. Ich würde darum gerne mal von Mädchen zu Mädchen mit ihr sprechen.«

»Wie stellst du dir das vor?«, fragt Hanna verunsichert, futtert aber munter ihr Eis weiter.

»Na ja, vielleicht laden wir sie einfach zu unserem nächsten GIRLS-Treffen ein und stellen ihr dann ein paar Fragen.«

»Und du glaubst, sie kommt?«

»Klar, warum nicht? Vielleicht ist sie ja auch neugierig auf unsere Clique. Ehe sie zu den Chicks geht …«

Sicher war ich mir zwar nicht, aber … »Nur Versuch macht klug. Wir müssen es schon ausprobieren, wenn wir Klarheit wollen.«

»Okay, dann schlag es doch Stine mal vor. Schreib mir, was sie meint, meine Unterstützung hast du.«

Hannas Eis ist verputzt und sie steht auf. »Ich muss dann mal wieder.«

Da das Klavier ruft, fast schon schreit, lasse ich sie ziehen und suche nach den Noten. Ich will mich schließlich bei Oma Petersen nicht total blamieren.

Neben dem *Götterfunken* steht auch *Für Elise* auf dem Übungszettel und weil ich dieses seltsame Wesen einfach nicht aus dem Kopf kriege, taufe ich das Stück in meinem Kopf schnell in *Für Céline* um und haue in die Tasten, dabei kann man sich echt gut abreagieren.

Meine Finger flutschen über die Tastatur, als wären sie mit Öl beschmiert, also die Tasten, nicht die Finger … obwohl … ist ja eigentlich egal, Hauptsache, ich kriege die Läufe hin und das tue ich heute. Oma Petersen wird staunen. Sonst bin ich nämlich keine so gute Schülerin, obwohl ich »sehr musikalisch« bin, wie sie meint. Nur am nötigen »Übungsfleiß«, da hapert es meistens.

Ich schließe den Deckel des Klaviers und lege die Noten schon mal in die Diele auf die Kommode, damit ich die nachher nicht suchen muss. Dann schnappe ich mir die Leine und Polly und gönne ihr noch einen kleinen Spaziergang. Sie freut sich riesig, springt an mir hoch und fängt sogar vor Begeisterung an zu bellen.

Ich schlendere mit ihr zum Buchenholz, das ist ein kleines Wäldchen, welches direkt an unsere Siedlung anschließt. Ideal zum Hundeausführen. Als wir unsere Runde gemacht haben, rollt uns Robroy mit seinem Skateboard über den Weg. Er ist mit seiner Klavierstunde noch vor mir dran.

Ich schaue auf die Uhr. »Du bist aber früh, hast du nicht erst um Viertel nach?«

»Ja, stimmt, aber ich wollte dir noch kurz was berichten...«

Er senkt bei seinen Worten die Stimme, das klingt geheimnisvoll und weckt sofort meine Neugier. »... über Céline.«

Hm, glaubt er, so den Beschluss der GIRLS aushebeln zu können? Egal, muss ja keiner wissen, worüber wir geredet haben, und ich werde ja wohl einem alten Kumpel vor der Klavierstunde mal kurz eine Limo anbieten dürfen. Äh, ja, mache ich dann auch spontan.

»Willste noch auf'ne Coke zu uns in den Garten kommen?«

Er kommt und ich mache leicht nervös die Flasche auf und gieße ihm ein. Blubb-blubb, pläddert die Hälfte auf die Tischdecke, das geht nie wieder raus!

Robroy schaut mich ein bisschen mitleidig an. »Kriegst du jetzt Ärger?«

Ich schüttle den Kopf. »Nee, nicht wirklich. Meine Mutter wird nur mit einem verzweifelten Augenaufschlag fragen, warum ich immer auf ihre besten Tischdecken Colaflecken machen muss, aber das war es dann auch.«

Ich schaue ihn nun mit einem fetten Fragezeichen im Gesicht an und habe dabei bestimmt ein total neugieriges Glitzern in den Augen. »Was wolltest du mir denn über Céline erzählen?«

»Also, ich habe da einen Kumpel bei den Board-Brothers, der ist schon in der Neunten, der wohnt auch im Internat.«

Kunstpause. Mein Blick wird noch erwartungsvoller.

»Na ja, der hat sein Zimmer genau unter dem von Céline.«

Ist ja hochinteressant!

»Und er hat sie schon mal mit roten Augen durch den Flur zum Klo schleichen sehen, als er seine Freundin oben besucht hat.

Wow, noch interessanter!

»Und«, rutscht es mir raus, »was schließt er daraus?«

Ich merke, dass es Rob nun peinlich ist, weiterzureden.

Rote Augen sind für ihn wohl eher Mädchensache, denn er fragt ungewöhnlich unsicher: »Was würdest du denn daraus schließen? Du bist doch auch ein Mädchen.«

Äh, das stimmt, aber bei Céline, da kann man ja eigentlich nur danebenliegen, die setzt doch jede Normalität außer Kraft. Ich zucke mit den Schultern, obwohl ich ihm grundsätzlich recht geben muss.

»Was meint dein Kumpel denn nun?«

»Na ja, der meint, sie hätte geheult, und das täte sie praktisch jede Nacht, seit sie eingezogen ist. Dabei wandert sie ständig im Zimmer hin und her. Er sagt, lange hält er das nicht mehr aus.«

Ich starre Robroy ungläubig an. »Der hat wirklich gesagt, dass Céline jede Nacht heult und im Zimmer rumrennt? Kann der das denn überhaupt hören? Ist die Decke nicht viel zu dick? Der belauscht sie doch nicht etwa mit 'nem Mikro oder so?«

Das fände ich ehrlich gesagt nämlich ziemlich übel.

Ich kann mir wirklich nicht vorstellen, wieso er das überhaupt bemerkt. Andere Jungs haben ständig den iPod in den Ohren ... und verschließen, wenn sie pennen, nicht nur die Augen, sondern auch ihre Gehörgänge.

Rob lacht, weil ich das wohl laut gesagt habe.

»Karlsson nicht, der spielt jede Nacht Schach übers Internet. Und ja, er meint, sie würde ständig jammern und rumtrampeln und zwar so heftig, dass sie eines Tages garantiert durch die Decke bricht. Es macht ihn mittlerweile total nervös.«

Mich macht es auch nervös, weil ich wirklich nicht weiß, wie ich das nun wieder einordnen soll. Ist sie tatsächlich traurig oder ist das auch nur wieder ein Tick von ihr? Soll ja Leute geben, die jeden Abend eine seelische Reinigung brauchen und den ganzen Frust des Tages rausheulen. Mama hat mal was von einer Schreitherapie in ihrem Mädchenmagazin berichtet ...

»Meinst du, es könnte so was sein?«, frage ich Rob.

Der schaut auf die Uhr und springt auf.

»Möglich, aber davon habe ich ehrlich gesagt keinen Schimmer. Schreien als Therapie? Ich weiß nicht …? Ich muss dann auch los, Lotte. Danke für die Coke … man sieht sich.«

Weg ist er und lässt mich vollkommen ratlos zurück.

Doch ehe ich mich einmal um mich selbst gedreht habe, klingelt es Sturm. Es ist Hanna.

»War das eben Robroy bei dir im Garten? Wieso trinkst du Cola mit ihm? Ich dachte, wir wollten ohne Jungs …«

OMG! In dieser Nachbarschaft bleibt ja wohl auch gar nichts geheim! Ich fühle mich überwacht und bin sauer und hätte sofort meinen Kram packen und wieder zu Papa in die Villa ziehen können. Aber ich denke an Oma Petersen und beherrsche mich. Grade so.

»Was wollten wir ohne Jungs?«, blaffe ich Hanna aber trotzdem ziemlich empört an.

»Na ja, die Sache mit Céline regeln.« Sie ist nun ein bisschen verlegen.

»Und wer, Miss Oberschlau, sagt dir, dass wir über Céline geredet haben?«

»Habt ihr nicht?« Nun ist sie verwirrt. Ich hätte sie sowieso nach der Klavierstunde angerufen, um ihr die Neuigkeit zu erzählen, aber nun habe ich keinen Bock mehr. Also sage ich stattdessen: »Ich werde ja wohl mal mit einem alten Kumpel vor der Klavierstunde eine Limo trinken dürfen, oder?«

Ihr ist die Sache nun wirklich peinlich und weil wir immer noch an der Tür stehen, verabschiedet sie sich ziemlich kleinlaut. »Entschuldige, ich … äh … habe da wohl ein wenig überreagiert …«

»Ein bisschen? Das war voll daneben, Hanna! Ich denke,

du bist meine Freundin, da kannst du mir wohl auch mal ein bisschen Vertrauen schenken.«

»Mache ich ja, ich weiß auch nicht, warum mich das so aufgeregt hat.«

Ich nehme meine Noten und begleite sie ein Stück. Dabei überlege ich, ob sie vielleicht auf Rob eifersüchtig sein könnte. Nein, ich schüttle den Kopf, das ist völliger Unsinn.

Aber falls es doch so sein sollte, muss ich sie natürlich trösten und so nehme ich sie beim Abschied in den Arm und gebe ihr ein liebes Küsschen auf die Wange.

»Alles wieder gut, Hanna«, sage ich dabei, »brauchst dir keine Gedanken machen. Da läuft nix mit den Skatern und den GIRLS! Versprochen ist versprochen!«

Leider kann ich nun aber auch Stine nichts von dem Inhalt des Gesprächs mit Robroy erzählen, denn dann würde Hanna ja wissen, dass ich ihr das verschwiegen habe, und erst recht beleidigt sein. Das ist aber auch zu blöd und es beschäftigt mich darum noch während der Klavierstunde.

»Wo hast du heute nur deine Gedanken?«, wundert sich Oma Petersen. Mich ärgert ihr Tadel sehr, weil ich mich nach dem Üben heute Mittag richtig gut vorbereitet gefühlt habe. Okay, dann muss ich mich jetzt mal zusammenreißen und den Kopf freimachen. Ich will sie ja wirklich nicht enttäuschen.

»Können wir noch mal von vorne anfangen?«, frage ich also. »Alles auf Anfang, wie beim Film?«

Sie lacht ihr bezauberndes helles Lachen und wir starten neu. Wie durch ein Wunder komme ich plötzlich wieder in Form. Und weil es vorhin ja so gut funktioniert hat, spiele ich statt *Für Elise* einfach noch mal *Für Céline,* egal ob sie diese Ehre verdient hat oder nicht. Nach dem letzten Ton beschließe ich dann spontan, die Heulgeschichte komplett für mich zu behalten, bis ich sie mal allein darauf ansprechen kann. So was muss man ja wirklich nicht breittreten. Schon schlimm genug, dass Karlsson es Rob erzählt hat. Da muss ich mich ja nicht auch noch als Köchin in die Gerüchteküche stellen.

Mit einem großen Lob von Oma Petersen pilgere ich stolz nach Hause und treffe dort zu meiner Überraschung meine Mutter an. Huch, so früh heute? Da hatte ich ja nicht mal mehr Zeit, die befleckte Tischdecke in die Waschmaschine zu stecken.

Aber falls sie den Fleck entdeckt hat, lässt sie sich nichts anmerken, sondern nimmt mich überschwänglich in die Arme und herzt mich, als ob ich drei Wochen auf Klassenfahrt gewesen wäre, statt drei Tage bei Papa.

»Gibt's was zu feiern?«, frage ich verunsichert und zugleich ein wenig alarmiert, weil mir so eine aufgekratzte Mutter irgendwie unheimlich ist. »Hast du eine Gehaltserhöhung bekommen?«

Sie lacht. »Nein, aber ein tolles neues Projekt, bei dem du mir bestimmt gerne helfen wirst.«

Öhm. Ich … äh … hätte da grade selbst so einiges am Laufen … Puh! Das sage ich natürlich nicht, aber Eltern denken ständig, dass wir nichts zu tun hätten. Das bisschen Schule – Pillepalle. Klavier üben, AG, Sport – lächerlich … Von Hobbys oder gar verplanter Freizeit ganz zu schweigen. Kinder haben es doch einfach nur gut!

Na ja, das ist ja nicht neu. Also heuchle ich Interesse, um ihr die Freude nicht zu verderben.

»Soll ich einen Tee kochen? Dann kannst du es mir erzählen.«

Sie freut sich, schleudert die Schuhe von den Füßen und lässt sich aufs Sofa plumpsen. Es steht mit Blick in den Garten, weil Mama meint, der grüne Rasen hätte so eine wohltuende Wirkung auf angespannte Nerven. Ich lasse sie ein wenig chillen und koche den Tee. Die Keksdose ist leer. Hm, wenn ich nicht da bin, läuft hier aber auch nix im Haushalt. Ich krame zwei Schokoriegel aus meiner Schultasche, die noch in der Diele liegt, und drapiere diese Notverpflegung auf dem Tablett. Perfekt.

Heißhungrig vertilgt sie das erste Röllchen, also lasse ich ihr auch noch das andere.

Nun kann ich meine Neugier aber nicht länger zügeln. »Verrätst du mir jetzt dein neues Projekt?«

Mama platzt fast und strahlt, als hätte sie jemand von innen illuminiert.

»Ich darf mit Richie zusammen die neue Herbstkollektion für *Power Girls* shooten …«

»Cool!«, rutscht es mir raus, denn darauf ist sie schon länger scharf.

»Ja, aber das Coolste ist, ich darf mir die Mädchen dafür selbst aussuchen …«

»Echt?«

»Ja, echt … hast du Lust?«

»ICH???«

»Ja, warum nicht? Kannst auch noch ein paar Freundinnen

mitnehmen, wenn es deren Eltern erlauben ...« Sie schaut mich megaerwartungsvoll an. »Na, was ist?«

Ich muss gestehen, dass mir irgendwie schwindelig wird. Ich als Model für *Power Girls*? Nee, das traue ich mich nicht und Hanna und Stine bestimmt auch nicht. Ja, Viola und ihre Chicks, die würden so was natürlich sofort machen. Aber ich und die GIRLS? Bedenkzeit, ich brauche unbedingt Bedenkzeit ...

»Äh, wann soll das denn sein? Ich meine, das Shooting?«

Mama überschlägt rasch die Termine. »Also, erscheinen soll es in der ersten Nummer im Oktober, das heißt ...«

Okay, dann muss es jedenfalls nicht sofort entschieden werden.

»Ich frag morgen in der Schule, ja?«

»Lass dir, wenn die Eltern einverstanden sind, ein paar Fotos mailen, die ich in der Redaktionskonferenz vorlegen kann, dort treffen wir die engere Auswahl.«

Ich atme erleichtert auf, da wäre ich dann garantiert nicht mehr dabei, egal ob Mam bei *Power Girls* arbeitet oder nicht. Die haben doch bestimmt knallharte Kriterien, wie zum Beispiel superglatte Haut oder so. Damit kann ich schon mal nicht punkten. Und sobald so ein Fotograf seine Kamera auf mich richtet, kriege ich doch garantiert auch noch rote Flecken im Gesicht. Egal, ich zeige meiner Mama zuliebe erst mal Engagement und verspreche ihr, auf jeden Fall ein paar Models zu liefern. Und wenn ich die Chicks fragen muss! Iiiiiiiiiigitt, bewahre! Der Notfall tritt hoffentlich nicht ein!

Chickenrun auf Lotte

Ich stehe allein im Hof des Hexenhauses umringt von Pfauen und riesigen Straußen. Die Pfauen spreizen ihr Gefieder und schlagen mit den Schwanzfedern wunderschöne, schillernde Räder, um mir zu gefallen. Die Strauße hingegen wirken furchterregend und scheinen auch noch hungrig zu sein, denn sie picken mit ihren scharfen Schnäbeln nach mir ... doch ich habe kein Futter für sie. Ich kriege heftige Platzangst und suche mit klopfendem Herzen nach einer Fluchtmöglichkeit ...

Uaaah! Ich wache schweißgebadet auf und schalte ganz automatisch das Licht an. Das Buch von Elysium liegt noch auf der Bettdecke, offenbar bin ich mal wieder darüber eingeschlafen.

Allerdings hat mein Traum mit dem Buch nicht wirklich etwas zu tun. Da ist in meinem Gehirn wohl mal wieder ein kleines Chaos entstanden und hat völlig unpassende Dinge aus Elysium mit meinem Schulalltag vermischt. Aber dass ich von den Chicks träume, kann ja nur ein Warnsignal sein.

Ich schaue auf die Uhrzeit meines Handydisplays. Hm, 5 Uhr 53. Nee, Leute, da bin ich noch nicht wach. Echt nicht! Ich leg mich noch mal aufs Ohr und ratze eine Runde. Bis später!

Aber es fällt mir schwer, erneut einzuschlafen. Ich muss immer wieder an Robs Info denken. Natürlich sehe ich in Céline nicht plötzlich eine Prinzessin, aber dass sie jede Nacht weint, macht sie Erons Schwester Agneta, die noch immer im Hexenturm gefangen ist, sehr ähnlich.

Ob sie sich im Internat auch ein wenig gefangen fühlt? Wenn ihre Eltern sie wirklich dahin abgeschoben haben, kann ich mir ihren Frust gut vorstellen. Ich wäre bestimmt in so einer fremden Umgebung auch jede Nacht furchtbar traurig.

Aber okay, ich weiß ja nicht, warum sie im Internat ist. So bleibt das alles, bis ich mit ihr gesprochen habe, reine Vermutung. Schließlich falle ich doch wieder in den Schlaf, der ist kurz, traumlos und ein bisschen schwer.

Als Hanna und ich mit dem Rad auf den Schulhof einbiegen, ist da ein großer Auflauf. Wir steigen ab und gesellen uns neugierig dazu.

Oh, das ist ja lustig! Ein Clown steht dort mit zwei Affen, die Musik und kleine Kunststücke machen, und ein Mädchen im Ballerina-Kostüm verteilt Gutscheine mit Rabatt für den Zirkus Picconelli.

Leider haben wir aber nicht lange Freude an der kleinen Sondervorstellung, denn Mathelehrer Bergmann betritt soeben den Schulhof. Die abgegriffene Aktentasche unter den Arm geklemmt, schreitet er schnurstracks auf die Schüleransammlung zu, um nach dem Rechten zu sehen. Alles, was den einförmigen täglichen Schulablauf stört, ist ihm ein Dorn im Auge und so ein Auflauf stört diesen ganz erheblich. Darum muss er auch sofort einschreiten.

»Was geht hier vor?«, knurrt er bereits, bevor er überhaupt sehen kann, was Sache ist. Dann entdeckt er die Schausteller und flippt aus. »Wer hat dir die Genehmigung erteilt, auf dem Schulhof Werbung für euren Zirkus zu machen?«, raunzt er das Mädchen an, reißt ihm die Gutscheine aus der Hand und schleudert sie in die Luft. Langsam flattern sie zu Boden, während er nun auf den Clown zuschreitet. Die Affen finden das gar nicht gut, schnattern aufgeregt, ziehen ihre Oberlippen zurück und legen ihre furchterregenden Gebisse frei. Oha, das sieht echt bedrohlich aus. Aber Zwiefalten ist nicht zu bremsen.

»Dies ist ein Privatgelände, Unbefugten ist das Betreten verboten, und Sie sind unbefugt!«, schnauzt er nun den Clown an. »Wir dulden an unserer Schule keinerlei kommerzielle Werbung. Machen Sie Ihren ... äh ... Zirkus gefälligst woanders!«

Wieherndes Gelächter in der Runde, nur dem Clown ist der Spaß wohl vergangen. Kein Wunder, nach Bergmanns Auftritt. Alle sind nun gespannt, was passiert.

Während der Clown versucht, die Aktion zu retten, entdecke ich dicht hinter ihm plötzlich Céline. Was macht die denn da? Sie scheint mit irgendetwas die Äffchen angelockt zu haben, denn beide haben sich von Zwiefalten abgewendet und hocken nun bei ihr. Der Kleinere sogar auf ihrer Schulter. Ich glaube es ja nicht!

»Wa...was macht Céline denn da mit den Affen?«, will ich erschüttert von Stine wissen, die sich inzwischen zu uns gesellt hat. Die ist aber selbst total verwundert.

»Ablenken, vielleicht?«

»Ja, aber womit? Kennt die einen Affenzauber?«

117

»Vielleicht hat sie eine Banane, darauf fahren alle Affen ab.« Ich sehe keine Banane. »Die unterhält sich mit denen«, stelle ich stattdessen erschüttert fest. Hanna zeigt mir einen Vogel.

»Klar, die spricht ja auch sicher perfekt Äffisch!«

Mir kommt eine Idee: »Vielleicht ist sie ein Zirkuskind! Das würde doch einiges erklären.«

Mein Einfall erscheint meinen Freundinnen auf Anhieb logisch.

»Klar«, meint Stine, »wenn der Zirkus immer herumreist, dann ist es mit der Schule für sie schwierig. Bestimmt hat sie ganz viel verpasst.« Hanna sieht das ähnlich.

»Ein Internat ist da sicher, jetzt wo sie auf das Gymmi geht, von Vorteil.« Eigentlich sonnenklar, denke ich.

Aber ehe wir das noch genauer besprechen können, klingelt es zur ersten Stunde und Zwiefalten wird hektisch.

»Verlassen Sie sofort das Schulgelände, sonst rufe ich die Polizei!«, schnauzt er noch mal den armen Clown an und zu Céline faucht er rüber: »Und du lass die Finger von diesem Viehzeug. Glaubst du, wir wollen auch noch Affenflöhe in der Schule haben?«

Dann scheucht er die Schüler ins Gebäude und wir werden einfach mitgerissen. Ich sehe nur noch, wie Céline den Affen von ihrer Schulter nimmt und ihn an der Hand zu dem Ballerina-Mädchen hinüberführt. Er folgt ihr brav wie ein Kleinkind, während sein äffischer Kumpel hinter ihnen herlatscht, die langen Arme ab und zu auf dem Boden abstützend. OMG!

Nun stürzt auch unsere Direktorin aus ihrem Office, und als ich an ihr vorbei in den Schulflur geschoben werde, höre ich sie rufen: »Herr Bergmann, Herr Bergmann, was ist denn um Himmels willen da los? Was ist das für ein Aufruhr am frühen Morgen?«

Ich muss grinsen, denn ich mag Aufruhr! Jedenfalls, wenn solche außergewöhnlichen Ereignisse damit verbunden sind. Die machen Schule gleich viel lustiger und nach dem traurigen Traum in der Nacht kann ich eine kleine Aufmunterung prima gebrauchen. Schade, dass die Fünfties noch nicht da sind, die hätten ganz sicher auch ihren Spaß gehabt.

Es ist wie vertrackt! Jedes Mal, wenn ich mir in Bezug auf Céline was Bestimmtes vorgenommen habe, geht es schief. Jedenfalls passiert stets etwas, was nicht vorhersehbar war, und wirft meine ganze Planung um. Dabei habe ich bisher gedacht, *ich* wäre spontan und chaotisch. Aber Céline kriegt es hin und toppt das. Wer kann denn auch damit rechnen, dass sie vom Zirkus ist und sich mit Affen so gut auskennt?

Als wir die Treppe zu unserem Flur hochsteigen, geht Marcel an ihr vorbei. Klar, dass er sich einen Kommentar mal wieder nicht verkneifen kann.

»Hättest ja gleich sagen können, dass du vom Zirkus bist. Komm doch morgen mit 'ner Clownsnase, dann haben wir wieder was zu lachen.«

Oh, Mann, ist der witzig und so sage ich spontan: »Ich glaub nicht, dass sie dir als Klassenclown Konkurrenz machen möchte.«

Ich will grade meine Ohren in Erwartung seiner nächsten blöden Bemerkung verschließen, als ich Céline antworten höre. Schnell stelle ich meine Lauscherchen wieder auf. Ist ja hochinteressant …

»Ich vom Zirkus? Wer hat dir denn den Floh ins Ohr gesetzt? Ich hasse Zirkus, habt ihr nicht gesehen, was der Typ mit den Affen gemacht hat? Soll das vielleicht artgerechte Tierhaltung sein, sie dazu abzurichten, blöde Musik und alberne Kunststückchen zu machen? Ihr habt doch keine Ahnung, was man den Tieren wegnimmt, wenn man sie aus ihrem natürlichen Lebensraum reißt!«

Marcel bleibt stehen und verbaut Céline die nächste Stufe.

»Ach, biste so eine grasgrüne verbiesterte Spaßbremse? Was nimmt man den kleinen Äffchen denn weg? Kriegen sie nicht jeden Tag 'ne schöne Banane dafür?«

Ich glaube inzwischen, dass es Marcel ganz egal ist, was er sagt, Hauptsache, es macht Céline schlecht. Das ärgert mich jetzt echt, weil ich es eigentlich ganz gut finde, dass sie ein Herz für die Zirkustiere hat. Deren Lebensbedingungen sind ja wirklich nicht die besten und mit ihrem Leben in der freien Wildnis oder im Zoo nicht vergleichbar. Mir tun die auch leid. Aber natürlich vergisst man das leicht, wenn man sie in der Manege sieht.

»Geh weiter, Marcel, wir wollen alle die Treppe hoch, sonst kommen wir zu spät zum Unterricht«, sage ich also, um weiteren Streit zu vermeiden, als bereits Zwiefalten angefegt kommt. Alle spritzen zur Seite und so steht er plötzlich vor Céline und Marcel, die sich beide nicht einen Zentimeter bewegt haben. Uups! Wenn das mal gut geht.

»Aus dem Weg!«, knurrt Zwiefalten auch gleich. Marcel kennt unseren Klassenlehrer gut genug, um sofort zurückzuweichen. Aber Céline bleibt einfach stehen. Warum ist die nur immer so bockig, als ob für sie keine Regeln gelten würden?

Vermutlich hat Zwiefalten den gleichen Eindruck. »Mach Platz«, knurrt er ziemlich ungehalten, um dann hinzuzufügen: »Und geh dich erst mal gründlich waschen, ehe du meine Klasse betrittst. Wer weiß, was das Viehzeug an Keimen und Ungeziefer mit sich herumschleppt. Aber das hat ein Nachspiel, das hat ein Nachspiel … so etwas lasse ich mir nicht bieten, und wenn die Frau Direktorin tausendmal meint, man müsse den Zirkus unterstützen … sooo geht es nicht! Ich werde das Schulamt einschalten … das Veterinäramt … das Gesundheitsamt … das Tropeninstitut …«

Er schiebt Céline mit einer herrischen Armbewegung aus dem Weg, schubst Marcel fast von der Treppe und stürmt nach oben zur Klasse.

Natürlich rennen wir alle hinter ihm her, um nicht zu spät zu kommen. Aber es hat ja längst geläutet, und als wir in die Klasse drängen, steht Zwiefalten bereits mit tiefen Zornesfalten an der Tafel und schreibt Fragen für die Klassenlehrerstunde an.

SCHULORDNUNG!!! schreit einem die Überschrift förmlich entgegen.

1. Es ist verboten, Tiere mit in die Schule zu bringen!

»Ha, ja, Lotte! Erklär mir doch mal, warum wir diesen Punkt in die Schulordnung aufgenommen haben und uns dann jeder hergelaufene Zirkusclown mit seinem Viehzeug zum Affen machen kann?«

Gewieher und Gegacker von den Jungsplätzen und den Chicks.

»Das kann ich nicht, Herr Bergmann«, sage ich ehrlich. »Aber ist das denn wirklich so schlimm, wenn mal kurz zwei kleine Äffchen auf unserem Schulhof ein paar Kunststücke vorführen?«

»Natürlich ist es schlimm!«, sagt statt seiner Céline, die soeben mit gewaschenen Händen die Klasse betritt.

»Nicht die Äffchen, sondern dass man Wildtiere für alberne Shows abrichtet und sie unter unwürdigen Verhältnissen in Käfigen hält, in einem Klima und einer Umwelt, die für sie noch zusätzlich eine Belastung sind. Leben wir im Mittelalter?«

Irgendwie hat sie ja recht, aber ein bisschen übertrieben finde ich es auch, das jetzt noch mal zu diskutieren. Zwiefalten ist da ganz sicher die falsche Adresse.

Außerdem hätte ich gern gewusst, warum sie hier plötzlich als Rächer der Tierwelt auftritt, aber selber Schrumpfköpfe sammelt. Das passt ja wohl kaum zusammen.

Okay, eins ist jedenfalls sonnenklar – ein Zirkuskind ist die nicht!

Ehrlich gesagt habe ich nun gar nicht mehr so große Lust, Céline zu einem GIRLS-Treffen einzuladen, um sie auszufragen. Irgendwie habe ich das dumme Gefühl, dass dabei sowieso nichts herauskommt. Die will offensichtlich niemanden an sich ranlassen und hat eine Art, die ich einfach nicht verstehe. Sie tut so, als wären wir alle schlechte Menschen und Verbrecher und sie die Beschützerin der Hilflosen und Schwachen ... so eine Art weiblicher Robin Hood. Sicher kommt sie wie er auch aus einem finsteren Wald, da hat sie wohl nichts anderes zu tun gehabt ... außer Schrumpfköpfe zu sammeln!

Als Hanna in der großen Pause fragt, ob wir Céline nun

zu einem GIRLS-Treffen einladen sollen oder nicht, habe ich da wirklich keinen Bock mehr drauf und lenke das Gespräch stattdessen auf Mamas *Power Girls*-Projekt.

»Habt ihr Lust zu modeln?«, will ich von meinen Freundinnen wissen. Die starren mich aber nur völlig baff an, so als hätte ich grade gefragt, ob sie mit mir in einem Luftschiff zum Mond fliegen wollen.

»Modeln? WIR?« Hanna wirkt regelrecht erschüttert, während Stine mir schlicht und ergreifend einen Vogel zeigt.

Hätte ich an ihrer Stelle auch getan. Gut, schiebe ich also ein paar Infos nach. Weil die Chicks sich ebenfalls unter die Kastanie zurückgezogen haben und mal wieder förmlich an uns drankleben, kriegen sie natürlich mit, was ich erzähle. Zwar nur bruchstückhaft, aber doch immerhin so viel, dass Viola mir sofort noch näher auf den Pelz rückt und zirpt: »Hach, wie aufregend, Lotte! Ich bin ja ein glühender Fan von deiner Mutter. Sie macht das sooo gut mit der Lebensberatung bei *Power Girls!* The best ever!«

Hat mal jemand einen Lappen, mit dem ich den tropfenden Schleim aufwischen kann, der da grade Violas Mund verlässt und mir vor die Füße klatscht?

»Was willst du?«, frage ich betont knapp, weil ich es nicht schätze, wenn mir die Chicks so klebrig nahe kommen.

»Hast du nicht eben gesagt, dass deine Mutter Models für eine Fotostrecke bei *Power Girls* sucht?«

»Ja, habe ich, allerdings nicht zu dir. Mischst du dich immer ungefragt in die Gespräche anderer Leute ein?«

Hanna wiegt bedenklich den Kopf. »Keine gute Kinderstube, befürchte ich.«

Stine kichert, denn Hanna hat Viola genauso gefressen wie ich. Schließlich mussten wir sie beide schon in der Grundschule ertragen.

Okay, ich bin etwas hin- und hergerissen, als mich nun auch noch die anderen Chicks umringen und mehr Infos erbetteln. Einerseits habe ich ja selbst schon daran gedacht, sie zu fragen, andererseits sind die so wild auf die Sache, dass man da vielleicht etwas mehr rausholen könnte. Nur fällt mir so spontan keine Gegenleistung ein. Also ziehe ich mal wieder meinen Lebenskompass zurate. Soll ich die Chicks einweihen oder nicht?

Super, die Nadel vibriert unschlüssig und ich bin genauso schlau wie zuvor. Wäre ein kleiner Köder für den Anfang besser? Die Nadel schwingt auf OKAY, was eigentlich klar war. Aber gut, ist ja zumindest eine positive Unterstützung.

»Es ist aber topsecret«, pushe ich die Sache nun extra ein bisschen hoch. »Wenn ich euch einweihe, müsst ihr absolutes Stillschweigen geloben.«

»Machen wir, machen wir hundertpro«, verspricht Viola für alle. »Unsere Lippen sind versiegelt.«

»Also gut. Es wird für *Power Girls* ein Fotoshooting zur neuen Wintermode geben. Meine Mutter hat die Leitung.«

»Wow!!«, bricht es aus allen Chicks gleichzeitig heraus.

»Sie hat mich gebeten, ihr ein paar mögliche Models aus unserer Schule vorzuschlagen.«

»NEIN!!!!« Gemeinsamer begeisterter Aufschrei aller Hühner und dann gleichzeitiges entsetztes Mundzuhalten und lauernde Blicke in die Runde, ob jemand auf dem Schulhof was mitbekommen hat.

»So wird das nichts«, sage ich lässig und sie versprechen noch einmal, wie ein Grab zu schweigen. Ich zögere bewusst.

»Was meint ihr«, frage ich meine Freundinnen, »soll ich meiner Mutter echt jemanden von den Chicks empfehlen? Sie suchen normale Mädchen!«

Die grinsen nur belustigt über den Eiertanz, den die grade aufführen, und ziehen zweifelnd die Schultern hoch. Normal sind die Hühner wirklich nicht.

»Schlag mich vor, Lotte, bitte schlag mich vor!«, bettelt Viola mit der Stimme eine Quietsche-Ente. »Bitte, wir waren doch immer Freundinnen!«

Ach, das wüsste ich aber …

Und ohne dass ich überhaupt dazu komme, nach einer Gegenleistung zu fragen, bietet sie von sich aus an: »Du darfst auch zu meiner Geburtstagsparty kommen!«

Das ist immer ein schrecklich aufgebauschtes Event, bei dem aber natürlich nur handverlesene Gäste eingeladen werden. Voll angesagt. Ich würde wirklich gerne mal dabei sein.

»Hm, aber nur, wenn Hanna und Stine auch eingeladen werden.« Die beiden heben zwar abwehrend die Hände und Viola zögert, aber da bleibe ich jetzt fest. So ganz für lau lege ich doch meiner Mutter nicht ihr Foto vor.

Ich zucke mit den Schultern und drehe mich mit den Worten weg: »Muss aber nicht sein, Viola, überleg es dir halt. Wenn du dich entschieden hast, kannst du mir ja in den nächsten Tagen ein Foto und die Genehmigung deiner Eltern mitbringen.«

Die anderen Chicks werten meine Äußerung als Zustimmung und betteln mich nun ebenfalls an. Hach, hat schon was Erhebendes, die mal ein bisschen zappeln zu lassen.

»Ich hab schon mit fünf bei einer Kindermodenschau mitgemacht, ich hab voll die Erfahrung«, erklärt Ramona.

Sie ist sehr hübsch mit ihrer zartbraunen Haut und den großen Kulleraugen. Ich denke, dass sie meiner Mutter gefallen könnte. Das befürchtet Viola wohl auch, denn sie versucht tatsächlich sofort, Ramona als unliebsame Konkurrentin auszuschalten, indem sie sagt: »Deine Eltern erlauben das jetzt aber bestimmt nicht mehr.«

Ramona wird ein bisschen blass unter ihrer Bräune und murmelt leicht betreten: »Wenn du darfst, erlauben sie es mir vielleicht auch.«

»Lass es lieber«, rät Viola ihr kaltschnäuzig, »du kriegst nur Ärger.«

Nun mischt sich Juliette ein und fällt Ramona ebenfalls in den Rücken. »Nimm lieber mich, Lotte. Meine Eltern sind voll modern, die erlauben es auf jeden Fall und du darfst auch ein Wochenende bei uns auf dem Reiterhof verbringen ...«

Als ich nichts sage, schielt sie zu Hanna und Stine rüber und ergänzt ein wenig zähneknirschend: »Hanna und Stine können von mir aus mitkommen.«

Klingt nicht schlecht, denke ich, und der Deal ist so gut wie unter Dach und Fach. »Okay, dann bringt halt alle drei ein Foto und die Genehmigung eurer Eltern mit. Ich schaue mal, was ich für euch tun kann.«

Der Schleim, der sich nun über mich ergießt, ist mir echt zu viel und so suche ich, abgeschmatzt von Viola und Juliette, schnellstens mit meinen GIRLS das Weite.

»Was für bescheuerte Hühner«, stoße ich lachend hervor,

während ich mir mit einer symbolischen Handbewegung den Sabber von der Wange putze.

»Du warst hamma!«, zollt Stine mir uneingeschränktes Lob und Hanna tanzt, ohne Rücksicht auf ihren Knöchel, jubilierend vor uns her. Reiterhof und Geburtstagsparty im Tausch für einen simplen Vorschlag zum Shooting von meiner Mama sind natürlich ein Superdeal. Zumal ich nicht mal versprochen habe, dass sie bei *Power Girls* auch genommen werden. Das entscheidet schließlich die Redaktionskonferenz.

»Und ihr?«, frage ich unernst. »Wirklich keinen Bock? Ihr könntet berühmt werden!«

Stine giggelt ebenfalls. »Bin ich Chick oder was?«

Und wie sie das sagt, läuft uns auf dem Weg ins Schulgebäude zufällig Céline über den Weg und ich denke, dass die wohl ebenfalls bei einem Modelcasting fehlbesetzt wäre, und das macht sie mir direkt ein wenig sympathischer.

Zwei Tage später liefern alle drei Chicks Fotos und die Erlaubnis der Eltern bei mir ab.

»Ich kann aber nicht versprechen, dass es klappt«, weise ich sie noch mal darauf hin, dass die letzte Entscheidung bei der Redaktionskonferenz liegt und sie nicht die einzigen Bewerberinnen sind. Allerdings die einzigen, die ich meiner Mutter vorschlagen werde. Mögen sie auch noch so aufgedrehte Hühner sein, schließlich sind sie meine Klassenkameradinnen.

Meine Mutter ist auch ganz zufrieden, und als sie am Abend die Fotos betrachtet, verweilt sie besonders lange bei dem Bild von Ramona. »Ein wirklich hübsches Mädchen«, sagt sie dann und schiebt alles in ihre Mappe für *Power Girls*.

»Wann entscheidet ihr euch?«, will ich wissen, denn die Chicks können es sicher gar nicht abwarten und werden mich die nächsten Tage bestimmt total löchern.

»Frühestens in der nächsten Woche«, meint Mama jedoch mit einem verständnisvollen Schmunzeln. »Geduld gehört nun mal auch zu diesem Geschäft.«

Ich bin froh, dass ich mich nicht beworben habe, denn zu mir gehört Geduld ganz sicher nicht. Ich wäre vor Aufregung vergangen und in der Schule garantiert total eingebrochen.

So sieht Mama die Sache wohl auch, denn sie schiebt mir drei Kinokarten zu und meint: »Für dich, als kleines Dankeschön für deine Unterstützung ... und weil du dich mit deinen Freundinnen nicht beworben hast. Es wäre mir schwergefallen, bei der Redaktionssitzung neutral zu bleiben.«

Ich muss grinsen und sage dann meine ehrliche Meinung dazu: »Man hätte uns doch eh nicht genommen, Mama. Kannst es ruhig zugeben, wir sind zwar *Power Girls*, aber von einer anderen Sorte als die aus deinem Magazin.«

Nun seufzt meine Mutter. »Ja, schade, aber ihr entwickelt euch ja noch, vielleicht im nächsten Jahr, wenn wir für die Sommerkollektionen shooten.«

Ich schaue sie nachdenklich an, sehe mich und Hanna am ganzen Körper vor Verlegenheit tomatenrot angelaufen in einem hyperstylischen Bikini posieren und habe das Gefühl, dass meine Mutter mich kein bisschen verstanden hat.

Briefgeheimnis

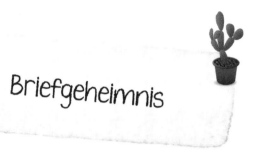

Ich hetze im gestreckten Galopp auf einem weißen Einhorn durch den Finsterwald, in der Ferne das Heulen der Fehnwölfe und um mich herum wispernde Versucherstimmen. Aus dem schwarzen Nebel, der über sumpfigen Flächen wabert, scheinen bleiche Hände mit dürren, krummen Fingern anklagend auf mich zu deuten ... Was habe ich nur getan?

Als ich das nächste Mal bei meinem Vater auflaufe, hat er eine Überraschung für mich.

»Schau mal, Lotte, da war heute ein Brief für deine neue Mitschülerin in der Post. Die heißt doch Céline Grabenhorst, nicht wahr? Kannst du ihn ihr morgen in die Schule mitnehmen oder soll ich ihn mit der Adresse des Internats in den Postkasten werfen?«

Reichlich hektisch greife ich zu, als er mir einen Luftpostumschlag hinhält, und versichere eilfertig: »Nein, brauchst du nicht, klar nehme ich den mit, ist doch selbstverständlich.«

Als ich ihn in der Schultasche verschwinden lasse, kribbelt es mir ganz gehörig in den Eingeweiden. Das ist aber auch irre spannend.

So schnell habe ich mich selten vom Esstisch verdrückt,

und damit mein Papa keinen Verdacht schöpft, entschuldige ich mich mit »entsetzlich vielen Aufgaben«.

In meinem Zimmer hole ich den Umschlag sofort hervor und werfe mich damit auf meinen Diwan.

Wow! Schon die exotischen Briefmarken mit Schmetterlingen und Papageien flashen mich und ich bin vollends sprachlos, als ich entziffere, dass sie aus Ecuador stammen. Wen kennt Céline denn dort? Das ist ja fast am anderen Ende der Welt! Das Mädchen wird immer geheimnisvoller und ich immer nervöser.

Der Brief in meinen Fingern schreit förmlich danach, geöffnet zu werden. Aber das geht natürlich nicht, schließlich gibt es ein Briefgeheimnis und ein Blick auf meinen inneren Kompass gibt mir da ganz klar die Richtung vor, denn die Nadel weist eindeutig auf: FINGER WEG!

Ich seufze, denn diesmal fällt es mir megaschwer, ihrer Richtung zu folgen. Zu gern würde ich das Innenleben dieses Briefes lüften, denn ich bin mir sicher, dass ich damit auch Célines Geheimnis ein gewaltiges Stück näher kommen würde.

Noch mal schaue ich verstohlen auf die Kompassnadel und wieder bekomme ich eine eindeutige Abfuhr. SO ETWAS TUT MAN NICHT steht da und die Nadel deutet direkt darauf. Ja, ja, ja! Ist ja gut! Ich habe kapiert! So weit darf unsere Spioniererei nicht gehen und wir wollen damit ja sowieso aufhören. Ich werde Céline den Brief morgen geben und vielleicht erzählt sie mir ja dann von sich aus, was es damit auf sich hat.

Der Umschlag wird wieder in meine Schultasche versenkt und ich schlage das Mathebuch auf. Ich starre die Aufgaben an und beginne zu träumen …

Ein riesiger Schmetterling landet vor mir, bittet mich, auf seinen Rücken zu steigen und flattert mit mir nach Ecuador, das seltsamerweise sehr dem Land Elysium gleicht …

Und da wartet auch schon Prinz Eron auf mich. Er steht auf der Lichtung am Fluss des Lebens, und als mein Schmetterling gelandet ist, bittet er mich in sein goldenes Boot und fährt mit mir in den wunderbaren geheimnisvollen Regenwald hinein … Arrgggh!

Mein Handy pfeift und die frisch eingetrudelte Nachricht auf WhatsApp reißt mich aus meinen schönen Fantasien.

»Kapierst du Mathe?«, will Hanna wissen. Warum fragt sie das ausgerechnet mich?

»Nö, ich ruf mal Stine an.«

»Hab ich schon versucht, ist nicht da.«

»Na, dann Robroy.«

»Muss das sein?«

»Ich denke, du brauchst den Lösungsweg. Sonst kenne ich in unserer Klasse kein mathematisches Genie.«

Keine Antwort. Jetzt bloß nicht wieder die Leier: »Aber er ist ein Junge, wir machen nichts mit Jungs!«

Ehe ihr Standardsprüchlein kommt, schreibe ich Rob also ganz schnell eine Message.

Er antwortet mit einer Sprachmeldung, in der er knapp den Lösungsweg skizziert. Ich gebe es an Hanna weiter.

Sie bedankt sich, geht aber nicht näher darauf ein.

Man kann es auch übertreiben, finde ich, und arbeite weiter. Tagträume wollen sich nun keine mehr einstellen und so komme ich voll konzentriert ausnahmsweise mal gut voran.

Als ich abends im Bett liege, lässt mich jedoch der Gedanke an den Brief für Céline nicht einschlafen. Irgendwie bin ich mir sicher, dass sich mit einem Schlag der Schleier über ihrem Geheimnis lüften würde, wenn ich ihn nur lesen könnte. Ich wälze mich mindestens zwei Stunden lang schlaflos von einer Seite auf die andere, aber selbst als ich verzweifelt nach dem Buch von Elysium greife, kann es mich nicht von diesem heimlichen Gedanken in meinem Hirn ablenken. Der Schlaf will sich einfach nicht einstellen, solange in meinem Kopf immer wieder eine flüsternde Versucherstimme verführerisch wispert: »Mach ihn auf ... mach den Brief auf ...«

Es ist falsch, meint mein Lebenskompass.

Es ist falsch, sagt mein Gewissen.

Es ist falsch, würden meine Eltern sagen.

Es ist falsch, weiß ich schließlich selber auch ganz genau ...

... wieso stehe ich dann dennoch mitten in der Nacht in der Küche vor einem brodelnden Wasserkessel und halte den Luftpostumschlag in den Wasserdampf?

Warum löse ich vorsichtig seine Klappe und ziehe dann den Briefbogen heraus? Warum bin ich so ein böses Mädchen? Ich weiß es nicht und sosehr ich mich auch schäme ... die Neugier siegt.

»Lotte?«

Die besorgte Stimme meines Vaters erschreckt mich zutiefst. Hektisch verberge ich die Hände mit Umschlag und Bogen hinter meinem Rücken.

»Was machst du mitten in der Nacht in der Küche? Geht es dir nicht gut?«

Ganz sicher nicht, denke ich, und muss zugeben, dass es schon reichlich krank ist, was ich grade gemacht habe. Aber natürlich kann ich das meinem Vater nicht sagen, der wäre ja total von mir enttäuscht. Ich bin also von der Rolle, drucke herum, fasele was von »plötzlich Durst gekriegt« und gehe so unauffällig wie möglich rückwärts zur Tür.

Nun ist mein Vater ja nicht blöd und merkt sofort, dass ich etwas hinter dem Rücken verberge. Unsere Blicke begegnen sich und ich flehe stumm: Bitte frag nicht, Papa, bitte nicht …

Sein Blick ist zwar dennoch fragend, aber er spricht die Frage nicht aus. Guter Papa, bester Papa!

»Äh, ich, ich gehe dann mal wieder ins Bett«, stammele ich, schubse die Gott sei Dank nur angelehnte Tür mit dem Po auf und verdrücke mich ins Halbdunkel des Treppenhauses. Mit Überlichtgeschwindigkeit drehe ich mich herum und rase zu meinem Zimmer hinauf in den ersten Stock.

Da verstecke ich das heiße Teil unter meiner Bettdecke und krieche auch selber wieder ins Bett. Keine Minute zu früh, denn natürlich klopft mein besorgter Vater noch mal bei mir an. Auf mein »Herein« steckt er den Kopf durch den Türspalt.

»Alles klar bei dir?«

»Ja, alles okidoki. Hab nur geträumt … äh … von einer Wüste … äh … das macht durstig …«

Papa lacht. »Na, dann schlaf gut und diesmal ohne Träume. Was hast du nur für eine lebhafte Fantasie?«

Ich kichere. »Jetzt rat mal, von wem ich die wohl geerbt habe?«

Er lacht immer noch, als er die Tür ins Schloss zieht.

Ich warte eine Weile, in der ich meine schweißnassen Handflächen an der Bettdecke abwische, dann, als ich sicher sein kann, dass mein Dad nicht noch mal auftaucht, mache ich meine Stehlampe an und fummle den Brief wieder hervor.

Das dünne Luftpostpapier ist etwas zerknittert. Mist. Hoffentlich macht das Céline nicht misstrauisch. Na gut, noch ist mir nicht klar, wie ich den Briefumschlag wieder zugeklebt kriege, ohne dass meine Wasserdampfaktion auffällt. Wird sich finden, denke ich. Nun ist der Brief in meiner Hand, also werde ich ihn auch lesen. Alles andere wäre ja dämlich.

Jahaa, die ganze Aktion ist dämlich, aber das ist jetzt nicht das Thema. Hat ja schließlich niemand was davon, wenn ich den Brief jetzt ungelesen wieder in den Umschlag stecke. Falls Céline was merken sollte, dann war die Aktion erst recht für die Katz. Schweig also mal ein paar Minuten still, liebes Gewissen. Ab morgen bin ich wieder voll korrekt. Versprochen! Großes GIRLS-Ehrenwort.

Es ist schon seltsam, dass man sich total beschissen bei etwas fühlen kann und es trotzdem tut, weil nicht mal ein Lebenskompass gegen diese Neugier in einem etwas ausrichten kann. Ich weiß, dass ich in diesem Moment sehr schwach bin ... und lese trotzdem.

Es sind liebe, fürsorgliche Sätze, die mein Herz berühren, und sie sind von Célines Eltern.

Ich lese den Brief dreimal. Beim dritten Mal kommen mir die Tränen.

... du fehlst uns so sehr, aber die Lage hier verschlechtert sich zusehends. Unser Kampf gegen die Ölfirma

*nimmt bedrohliche Formen an und wir sind froh, dich in
Deutschland in Sicherheit zu wissen ...*

*... die Probebohrungen rücken immer näher an das
Dorf heran und im Fluss trieb gestern ein Ölfilm. Wir
fürchten nun, dass das Wasser vergiftet wird und mit
dem Sterben der Fische und Krokodile unseren Indianern ihre Lebensgrundlage entzogen wird. Du, liebes
Kind, weißt, wie alles Leben hier vom Fluss abhängt ...*

*Gerne würden auch wir nach Deutschland kommen,
aber wir können unsere Freunde in dieser existentiellen
Situation nicht im Stich lassen, bitte versteh uns. Und
noch einmal:
Es ist allein die Sorge um dich, die uns bewogen hat,
dich in das Internat zu schicken. Du bist das Wichtigste,
was wir haben, und hier ist zurzeit niemand mehr
sicher. Rudolfo und Constancia werden im nächsten
Monat nach Deutschland kommen und dort um Unterstützung für unsere Sache werben. Sie werden Kontakt
zu dir aufnehmen und dir persönliche Grüße von uns
überbringen ...*

*... sei mit all unserer Liebe umarmt, behalte uns in
deinen Gedanken, wie wir dich stets in die unseren ein-
schließen. Deine Eltern*

Ich sitze eine Weile wie erstarrt im Bett und lasse meinen Tränen freien Lauf. Dann schiebe ich schließlich mit zitternden

Fingern den Briefbogen wieder in den Umschlag und präge mir den Absender ein: Dr. Constantin Grabenhorst & Elina Grabenhorst M.A., Yarasacu, Ecuador, Postbox YDC 3173.

In meinem Schreibtisch suche ich nach einem Klebestift, streiche die Kanten der Klappe damit ein und verschließe den Brief vorsichtig wieder.

Hm, das Papier ist schon sehr dünn und an einigen Stellen ist der Kleber deutlich unter den Fingern zu spüren, als ich damit über die Klebekante fahre.

Andererseits, warum sollte Céline das machen? Wenn ich einen Brief von meinen Eltern bekomme, was allerdings selten passiert, schlitze ich ihn immer sofort oben auf ... Bleibt mir also nur zu hoffen, dass Céline genauso ungeduldig ist wie ich. Ich schiebe den Brief in das Matheheft und schließe meine Schultasche.

Als ich dann wieder im Bett liege, gehen mir trotz einer bleischweren Müdigkeit noch eine Weile Satzfetzen des Gelesenen durch den Kopf und ich frage mich, was das für Indianer sind, mit denen zusammen Célines Eltern im Regenwald von Ecuador offenbar gegen eine mächtige Ölfirma um das Überleben ihres Stammes kämpfen.

Als mir die Augen endlich doch zufallen, ist mein letzter Gedanke voller Bewunderung für sie. Von wegen Eltern im Knast! Marcel hat doch einen Schaden! Was für ein dämlicher Ochsenfrosch!

Das schlechte Gewissen erdrückt mich. Am nächsten Morgen habe ich das Gefühl, jeder müsste mir ansehen, was für ein schlechter Mensch ich bin. Ich schleiche mehr in die Klasse, als dass ich gehe, und so fällt Stine und Hanna natürlich sofort auf, dass mit mir etwas nicht stimmt.

Als sie mich in der kleinen Pause deswegen mit Fragen löchern, weiche ich erst aus und fliehe, als das auch in der großen Pause nicht aufhören will, aufs Mädchenklo. Aber da kleben leider schon die Chicks und gackern mich wegen des Fotoshootings voll.

»Nein, es ist noch nichts entschieden.«

»Ja, tut mir auch leid.«

»Wirklich, da sind mir die Hände gebunden.«

»Nein, meine Mutter weiß noch nichts.«

»Die Redaktionskonferenz ist erst Ende der nächsten Woche.«

»Ja, das ist der letzte Stand der Dinge.«

Nein, mehr weiß ich auch nicht ... nein ... nein ... nein ... Ich hätte schreiend in die Berge laufen können, wie Pattex kleben die an mir. Verdammt aber auch!

Ich verschwinde, weil ich von denen völlig abgelenkt bin, in der Klokabine mit der spuckenden Kloschüssel. Als ich es merke, ist es zu spät. Da komme ich jetzt nicht wieder raus, ohne denen erneut in die Arme zu laufen und ausgequetscht zu werden.

»Benimm dich«, raune ich also dem Klo zu und lehne mich einfach nur an die geschlossene Tür. Stumpfsinnig starre ich auf die Kritzeleien an den Kabinenwänden zu beiden Seiten der Kloschüssel. Ein paar neue Herzen für Eron sind hinzugekommen. Dann fällt mein Blick auf eine dicke Filzerschrift: SAVE YARASACU!!! steht dort mit drei Ausrufezeichen. Ein

Schauer rieselt mir den Rücken hinunter. Das kann nur Céline geschrieben haben.

Und ganz plötzlich frage ich mich, ob sie diese Indianer vielleicht persönlich kennt … Den Gedanken, dass es sich bei denen um Kopfjäger handeln könnte, verwerfe ich allerdings gleich wieder. Obwohl … weiß man's?

Es ist zwar kaum noch auszuhalten, aber dennoch verschweige ich meinen GIRLS den Brief und was ich damit gemacht habe. Wenn ich überhaupt jemandem Rechenschaft schuldig bin, dann ja wohl nur Céline. Das ist eine Sache zwischen uns beiden.

Das sieht auch mein Lebenskompass so, will sich aber auf meine Frage, ob ich ihr meine Tat gestehen soll, nicht festlegen. Das blöde Teil lässt seine Nadel wie wild im Kreis rotieren, obwohl weit und breit kein Magnetfeld vorhanden ist. Jedenfalls keins, das ich identifizieren könnte.

Allerdings macht er mir damit klar, dass mir Turbulenzen drohen. Wenn die Sache jemals rauskommt, stehe ich echt blöd da. Am besten lasse ich den Brief einfach verschwinden. Céline kriegt bestimmt bald wieder einen von ihren Eltern und kann das garantiert verschmerzen. Auf so einem langen Postweg kommt sicher öfter mal was weg.

Okay, ich rede mir die Sache schön und mache sie dadurch nicht besser, aber wer liefert sich schon gerne selbst ans Messer.

Ich meine, Célines Reaktion ist einfach nicht vorhersehbar. Ja, ich habe Schiss vor ihr. Die kann voll ausflippen … ehrlich … nur mal angenommen, die wirft mit ihren Schrumpfköpfen nach mir ... das ist bestimmt wie ein Fluch! Nee, Leute, ich will ja Buße tun, aber dem Risiko, von ihr mit Voodoo oder so verhext zu werden, muss ich mich wirklich nicht aussetzen. Das kann niemand von mir verlangen. Macht ja nicht mal mein Lebenskompass ...

Okay, wenn der sich zu einer eindeutigen Richtung durchgerungen hat, dann folge ich ihm. Bis dahin existiert dieser Brief nicht mehr. Klaro?!

Ich schiele auf die immer noch kreiselnde Nadel und versenke den Brief tiefer in meiner Schultasche.

Morgen ist erst mal Violas Geburtstagsparty, da bin ich abgelenkt, und danach sehen wir weiter. Punkt!

Da kommt Freude auf!

Eron reicht mir einen silbernen Teller, er ist angehäuft mit den köstlichsten Früchten des Landes. Spielleute und Schausteller sind von weit angereist, musizieren und treiben ihre Späße. Da entsteht plötzlich ein Tumult am Tor. Die schwarze Hexe verlangt Einlass und schreitet unter wilden Flüchen direkt auf uns zu ...

Heute ist mal wieder Mama-Tag und ich hocke mit ihr am Frühstückstisch und mampfe genüsslich mein Müsli. Auch wenn sie selten kocht, und das meist nicht sehr erfolgreich, ist ihr Müsli göttlich, zum Reinsetzen! Sie mischt es immer abends an und lässt es über Nacht im Kühlschrank »ziehen«. Doch, die Zeit nimmt sie sich und so beginnt der Morgen gleich lecker und nachhaltig. Denn so ein Müsli hält bis zur großen Pause vor.

»Habt ihr denn wirklich noch nicht entschieden, ob von den Chicks jemand bei eurem Shooting dabei ist?«, frage ich nuschelnd mit vollem Mund. »Heute ist Violas Geburtstagsparty, wäre toll, wenn ich ihr die frohe Botschaft mitbringen könnte.«

Mama schüttelt den Kopf. »Lotte, du glaubst doch nicht,

dass wir uns *danach* bei unseren Terminen und Entscheidungen richten können.«

Nein, glaube ich nicht, aber praktisch wäre es schon ... Na ja, dann eben nicht.

Wir essen schweigend weiter, bis Mama auf die Uhr schaut und sagt: »Kannst du nach der Party bitte zu Papa fahren? Ich gebe dir Geld fürs Taxi. Heute Abend ist ein wichtiger Termin in Düsseldorf, wegen der Kollektion ...«

Ich schaue sie fragend an. »So plötzlich?«

Sie zuckt mit den Schultern. »Wir sind sehr im Stress mit dem nächsten Heft und ich bin froh, dass man mir einen Termin außerhalb der Geschäftszeiten eingeräumt hat. Ich komme morgen dann am frühen Nachmittag zurück.«

»Fährst du allein?«

Sie zögert einen Moment, bevor sie antwortet.

»Nein, Richie nimmt mich im Auto mit, er muss schon mal Fotos von den Sachen machen, damit wir danach die Model-Auswahl treffen können.«

Das leuchtet mir ein und bei Papa zu übernachten ist ja immer sehr schön.

»Gibst du mir noch ein bisschen Extrageld für ein Geschenk ... äh ... ich meine, wenn ich Viola nun nicht das Fotoshooting schenken kann, muss ich ja was anderes mitbringen.«

Mama steht auf. »Warte mal, ich glaub, ich hab da etwas, was Viola gefallen könnte.«

Als sie wiederkommt, stellt sie eine kleine, gesteppte Handtasche mit einer goldenen Kette auf den Esstisch.

Finde ich ja unspektakulär.

»Das ist die Goodie-Bag aus der nächsten *Power Girls*«, sagt Mama.

Oh, das ist allerdings was anderes. Darauf sind Mädchen wie die Chicks total scharf. Ist voll das It-Piece, eine Handtasche mit Kosmetik und Accessoires gefüllt. Braucht man eigentlich nicht, es sei denn, man gehört zu den Chicks.

»Ist ja abgefahren«, sage ich. »Wieso hast du eine übrig?«

»Ach, wir bekommen immer mehrere, die verteilen wir dann in der Redaktion. Diesmal war ich dran. Eigentlich wollte ich sie dir schenken, aber …«

»… für Viola passt das viel besser! Das ist wirklich cool!«

Ich öffne die Tasche und ziehe einen kleinen Schminkspiegel, trendigen Nagellack, Eyeliner, Wimperntusche und einen farblich passenden Lippenstift heraus … Dinge, auf welche die Chicks total stehen. Mega!

Mit einem Hechtsprung jumpe ich Mama an den Hals und drücke ihr dankbar einen fetten Schmatzer auf die Wange.

»Du bist die tollste Mutter der Welt!«

Doch, das muss mal gesagt werden, obwohl sie leider viel zu wenig Zeit für mich hat.

Bevor die Party bei Viola steigen kann, muss ich allerdings erst noch die Einschulungsfeier für die Fünften hinter mich bringen. Frau Yamamoto hat uns eine Stunde früher in den Musiksaal bestellt. Zum Einsingen, wie sie sagt.

Leider bin ich nun doch reichlich nervös und mir ziemlich sicher, dass ich garantiert einen Texthänger haben und sowieso jeden Einsatz vergeigen werde. Das liegt so in meiner verträumten Art.

Dennoch geht die Generalprobe erstaunlich glatt. Nur Marcel wird von unserer Musiklehrerin vor die Tür gesetzt. »Du kannst nach Hause gehen«, sagt sie rigoros. »Du störst nur und trägst wirklich nichts zum Gelingen bei.« Als er kleinlaut angekrochen kommt und verspricht, sich zusammenzureißen, bleibt sie jedoch hart. »Die Veranstaltung ist zu wichtig«, sagt sie. »Ich werde doch deinetwegen kein Risiko eingehen. Tut mir leid. Benimm dich in Zukunft besser, dann entscheide ich, ob du wieder an den Auftritten des Chors teilnehmen darfst.«

Wie ein begossener Pudel schleicht er davon.

Selber schuld, denke ich, fühle aber nun noch mehr den Druck, alles richtig machen zu müssen, und die Angst zu versagen wächst ins Unermessliche. Schon sehe ich mich auf der Bühne der Aula stehen, grauslich den Ton versemmeln und alle Schüler und Eltern mit Fingern auf mich zeigen und rufen: »Versager, Versager, Versager! Runter von der Bühne!!!« Ich könnte kneifen und sagen, mir ist schlecht, schlage ich mir selber eine Alternative vor. Ist bestimmt für alle die beste Lösung. Na gut, einen Blick auf meinen Kompass kann ich ja vorher noch riskieren. Blödes Teil – immer steht es auf der Seite der anderen! Natürlich zeigt die Nadel auf: KNEIFEN GILT NICHT!

Mir zittern die Knie, als wir die Bühne betreten und zur Eröffnung gleich den Götterfunken versprühen sollen.

Aber erstaunlicherweise klappt es ziemlich gut, nur Viola hat ihre Quietsche-Stimme wohl noch nicht richtig geölt … Na ja, vielleicht ist sie einfach angefressen, weil sie an ihrem Geburtstag hier antanzen muss. Wäre ich vermutlich auch, obwohl ein Blick auf die Fünfties mich schnell mit der Veranstaltung versöhnt. Die sind einfach zu schnuckelig. Kaum zu glauben, dass wir vor einem Jahr auch noch so niedlich und unschuldig da unten hockten und wirklich gedacht haben, das Gymnasium wäre die Insel der Seligen.

Tja und dann kam unser Klassenlehrer auf uns zu und ich schloss gleich angesichts der beiden steilen Falten, die von der Nasenwurzel zur Stirn verliefen, auf einen schwierigen Charakter. So einer wie er ist in diesem Jahrgang nicht dabei, da haben die Neuen echt Glück gehabt.

Eine Alina aus der Parallelklasse trägt nun ein Gedicht vor. Sie kann es tatsächlich komplett auswendig, obwohl es von Schiller ist.

Es folgt ein musikalisches Zwischenspiel der Instrumental-AG, dann spricht unsere Direktorin die gleichen weisen Worte, die sie schon bei uns so bedeutungsschwer von sich gegeben hat. Sie zitiert ein Gedicht von Ringelnatz über zwei Ameisen aus Hamburg, die die Welt erkunden wollen, aber schon in dem Hamburger Vorort Altona aufgeben. »Zeigt ihr mehr Durchhaltevermögen«, fordert sie. »Bleibt neugierig und fleißig und gebt nicht zu früh auf, auch wenn einigen von euch das Lernen auf dem Gymnasium vielleicht zunächst schwerer fällt als in der Grundschule. Wir möchten keinen von euch auf dem Weg zum Abitur verlieren.«

Dass von meinem Jahrgang praktisch eine ganze Klasse an die Realschule verschwunden ist, bedarf vermutlich keiner Erwähnung. Da sind dann wohl die ganzen Ameisen drin, die vorzeitig schlappgemacht haben. Na gut, das zu erwähnen, wäre vielleicht auch nicht so motivierend. Die Fünfties merken schon noch, wie scharf der Wind hier manchmal weht und wie schwer es ist, ohne Kompass den richtigen Weg zu finden. Ich grinse, mit meinem Lebenskompass habe ich es da echt besser!

Silas aus der 6b holpert sich nun durch ein weiteres Gedicht und ich erwarte jeden Moment seinen völligen Zusammenbruch, aber er hält durch und wird zum Ende hin sogar besser.

Glück auf, ruf ich euch zu und nie verzagt!
Nur wer auf sich vertraut und etwas wagt,
erringt am Ende den Pokal des Lebens,
alles andere Streben ist vergebens.

»OMG«, wispert mir Stine zu, »wer hat denn den mit diesem Text auf die Bühne gelassen? Unser Sportheini?«

Ich muss grinsen, denn Sport- und Deutschlehrer Heinrich ist neben Zwiefalten der zweite Sonderfall im Kollegium, der trotz erwiesener pädagogischer Unfähigkeit weiter unterrichten darf. Bei ihm ist es allerdings keine Sache des Temperaments, sondern einer vorzeitigen Vergreisung seines Gehirns. Jedenfalls straft er den Spruch Lügen, dass in einem gesunden Körper auch ein gesunder Geist wohnt.

Gegen seinen Körper ist an sich wirklich nichts zu sagen. Mit seinen sechzig Jahren ist der fit wie 'n Turnschuh und joggt uns alle an die Wand, aber im Kopf, da herrscht bei ihm trotzdem meistens Leerlauf. Neuerdings vergisst er ständig unsere Namen und hat mich tatsächlich mal mit Esme angeredet. Dabei könnte er sich das ja vielleicht allein schon wegen dem Kopftuch merken, das ich, im Gegensatz zu ihr, nicht trage. Außerdem ist sie in der 6a.

Okay, solche Aussetzer allein wären ja nicht so schlimm,

aber er ist auch in seinen Ansichten leider total old school und es muss einen nicht wundern, dass dann solche Gedichte auf Einschulungsfeiern dabei rauskommen.

Na gut, er war Bundesliga-Schiedsrichter, was er bei jeder Gelegenheit auch stolzgeschwellt erzählt, aber darf man ihm deswegen erlauben, so ein geistiges Foul an den Fünfties zu begehen? Ich würde ihm dafür die rote Karte zeigen!

Wenigstens folgt jetzt eine Tanzeinlage der Sport-AG von Frau Kaiser, der zweiten Sportlehrerin an unserer Schule. Die ist die Jüngste im Kollegium und voll orientiert. Bei ihr glänzen unsere Breakdancer und lösen einen regelrechten Beifallssturm aus. Als sie die Bühne verlassen, grinst mir Robroy triumphierend zu.

Hamma, so was fetzt! Das ist modern, das kommt an bei den neuen Mitschülern, nicht so olle Gedichte und Sprüche aus dem vorigen Jahrhundert wie vom Heinrich.

Nun sind wir wieder dran und bringen mit der *Barcarole* noch mal eine feierliche Note in die Veranstaltung, bevor wir dann endlich *Uptown girl* singen dürfen, das den Saal richtig in Schwingungen versetzt.

Sofort ist die Stimmung in der Aula sehr viel lockerer, und als Tina aus der 6a dann zur Aufteilung der Klassen überleitet, wirken die Neulinge regelrecht aufgekratzt. Kein Wunder, denke ich, ging mir ja genauso.

»Nun schenken wir euch für den Start
was Nettes, wie es gute Art.
Seid willkommen ihr neuen ›Kleinen‹,
möge euch hier immer die Sonne scheinen!«

Sie zieht hinter dem Bühnenvorhang eine große Sonnenblume hervor und überreicht sie einem vorne sitzenden Mädchen. Ihre Klassenkameraden unterstützen sie nun, gehen mit Armen voller Sonnenblumen durch die Reihen und geben jedem Fünftie einen Stiel mit leuchtend gelber Blüte. Das ist eine sehr schöne Idee, finde ich, und als nun die Klassenlehrer der neuen Fünften die Bühne betreten und ihre Schüler zu sich bitten, dürfen wir endlich abtreten. Hurra! Ohne Patzer geschafft!

Mit meinen Freundinnen stürme ich aus dem Schulgebäude, das jetzt erst mal die Fünfties in Besitz nehmen dürfen.

Klar sind wir GIRLS für den Rest des Vormittags mit Violas Party beschäftigt. Zur Beratung pilgern wir in unsere Lieblingseisdiele, wo es nun mal die köstlichsten Knusperbecher des Universums gibt. Echt gigantisch!

Nachdem wir uns über die Geschenkefrage ausgetauscht haben, geht es um die passenden Klamotten. Viola wird zwölf und darf darum in den Abend hineinfeiern, was besondere Anforderungen an die Eleganz der *Abendgarderobe* stellt. So hat sie es jedenfalls auf ihrer Einladung ausgedrückt und mündlich dazu erklärt: »Bitte etwas feiner als üblich, schlichte Eleganz ...« OMG!

Hanna hat das total verunsichert, wobei die es von uns dreien noch am leichtesten hat, denn sie mag Kleider und darum hängen eine Menge davon in ihrem Schrank. Da wird ja wohl was Partytaugliches dabei sein.

»Wollen wir nach dem Mittagessen mal gemeinsam gucken?«, schlage ich vor und hoffe, dass sie auch einen Fummel für mich hat, denn bis auf das Kleid, was ich bei Nikos Konfirmation getragen habe, ist bei mir outfitmäßig Ebbe im Kleiderschrank. Von *schlichter Eleganz* gar nicht erst zu reden.

»Ich gehe in Jeans«, sagt Stine jedoch selbstbewusst, Violas Kleiderordnung einfach ignorierend. »Glitzertop muss reichen.« Hm, auch 'ne Ansage und gar keine schlechte Idee. Das könnte ich eigentlich genauso machen, wenn wir bei Hanna nichts finden.

Hannas Schrank ist megaordentlich aufgeräumt, ich wette, das ist das Werk ihrer Mutter. Meine Mutter käme gar nicht auf die Idee, rein aus Zeitmangel. Die ist froh, wenn sie ihre eigenen Sachen sortiert kriegt und im Haus einigermaßen Ordnung halten kann. Aber Hannas Mutter arbeitet ja zurzeit nicht, mit den beiden kleinen Jungs wäre das auch kaum möglich, und wenn die im Kindergarten sind, kann sie sich ein bisschen um Hannas Sachen kümmern.

»Manchmal geht mir das allerdings auch auf den Geist«, meint diese, als sie den Kleiderschrank in ihrem Zimmer öffnet. »Sie ist einfach zu pingelig. Wenn ich mal was rumliegen lasse, räumt sie es garantiert weg und ich finde es ohne Kompass nie wieder!«

Ich muss grinsen, besonders wegen dem Kompass. In vielerlei Hinsicht im Leben nützlich, so ein Teil. *g*

Okay, für Hanna haben wir bald ein Kleid gefunden, es ist sehr romantisch, in bunten, fröhlichen Farben und passt ganz toll zu ihr und den blonden Haaren.

Ich würde allerdings mit meinem Rotschopf darin wie ein

wandelnder Farbklecks aussehen. Nee, bitte etwas unauffälliger. Hat sie aber nicht. Ich mag das Leben ja auch bunt, aber das heißt nicht, dass ich selbst wie eine Schachtel Smarties rumspringen muss. Also verabschiede ich mich ohne Leihgabe von Hanna und mache mich in meinem eigenen Klamottenberg auf die Suche nach dem ultimativen Party-Outfit.

Das Kleid von Nikos Konfirmation ist nicht wirklich schlecht, komplett dunkelblau mit einem Spitzenvolant am Saum. Sieht zu meinen Haaren direkt edel aus. Passende Schuhe hätte ich auch. Ich betrachte mich im Flurspiegel. Mein Lebenskompass soll entscheiden. Die Antwort ist eindeutig: TOP! Na, dann will ich ihm mal glauben.

Die Party steigt um 18 Uhr und um zehn Uhr sollen uns unsere Eltern wieder abholen. Hannas Mutter fährt uns hin. Mit dem Bus ist es ziemlich umständlich und ich bin froh, dass Mama für den Rückweg zu Papa ein Taxi spendiert hat. Die neue Villensiedlung liegt nämlich auf der anderen Seite der Stadt, alles total schicke Architektenhäuser. Bin wirklich mal gespannt, was sich Violas Eltern da für einen Luxuspalast gebaut haben.

Ich nehme meine Umhängetasche und packe Geldbörse, ein Päckchen Taschentücher und meine Haarbürste hinein.

Braucht frau schließlich.

Als mein Blick die Mathesachen auf meinem Schreibtisch streift, lugt Célines Brief ein Stückchen aus dem Mathebuch hervor. Der Schreck zuckt mir in die Glieder. OMG, wenn Mama den entdeckt hätte. Manchmal räumt sie ja schon ein paar Sachen in meinem Zimmer zusammen, wenn ich nicht da bin. Was mache ich denn nun nur mit dem Teil? Irgendwie traue ich mich nicht, den Brief hierzulassen. Es ist mir so unendlich peinlich, was ich da angestellt habe, und meine Familie darf das niemals erfahren.

Also muss das verräterische Teil aus dem Haus. Hm, ich könnte den Brief vielleicht einfach im Kaminofen verbrennen!

Nein, irgendetwas in mir weigert sich, ihn zu vernichten. Das wäre dann auch wirklich gemein, denn schließlich gehört er ja Céline, die sicher dringend auf ein Lebenszeichen ihrer Eltern wartet. Auch würde ich die Sache dadurch nur noch schlimmer machen, denn dann hätte ich ihn nicht nur geöffnet, sondern sogar geklaut!

Im Grunde sollte ich ihn ihr wirklich einfach geben. Ist doch gar nicht gesagt, ob sie überhaupt merkt, dass ich ihn geöffnet habe. Bei so einer langen Reise kann ein Briefumschlag schließlich auch von allein aufgehen, weil der Kleber an der Lasche nicht hält, oder zerknittern oder ... Ich denke, es ist wirklich das Beste, den Brief ganz normal mit lieben Grüßen von meinem Dad bei ihr abzuliefern.

»Hallo, ich bin die Ersatzpostbotin, da ist ein Irrläufer bei uns eingegangen ...«

Jetzt aber muss der Brief erst mal aus dem Haus, damit er nicht in falsche Hände geraten kann, man weiß bei Mama nie, wann sie wirklich zurückkommt. So stecke ich ihn kurzentschlossen ebenfalls in meine Umhängetasche. Okay, die Party kann steigen!

Partytime und Funkenflug

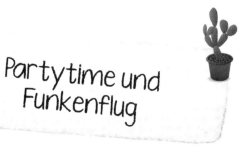

Siegreich kehren wir heim zu Prinz Erons Schloss. An seiner Seite reite ich an der Spitze seiner Gefolgsleute über die goldene Brücke in den Schlosshof ein. Die Pracht raubt mir den Atem und mein Herzschlag gerät aus dem Takt. Raketen steigen in den Himmel und lassen als Willkommensgruß Sterne auf uns herabregnen ...

Schon der erste Blick auf die Villa von Violas Eltern raubt mir die Spucke, mein Gaumen ist plötzlich wie ausgetrocknet und ich bin schwer beeindruckt.

Zwar ist Papas alter Kasten ja auch nicht grade klein, aber mit diesem Palast kommt der nicht mit. Außerdem ist Papas Villa uralt und renovierungsbedürftig und die von Viola ganz neu, hochmodern und aus edelsten Materialien zusammengebastelt. Marmor, Messing, dunkles Holz ... und Glas, jede Menge Glas, riesige Scheiben – der reinste Glaspalast. Aber alles hypermodern, ohne jeden Schnörkel ... auch innen ... die Möbel ... alles weiß, sachlich, klar ... und ab und zu mal ein riesiges Bild in Grautönen mit einem farbigen Strich oder Punkt. Selbst in den Vasen nur weiße Blumen mit einer einzigen gelben Gerbera. Die strahlt allerdings wie eine Sonnenblume. Echt krasser Stil. Viola nennt es »puristisch« und erklärt es als klar, schlicht und stilvoll. Ah ja ... dachte ich mir doch gleich!? Kann schön sein, aber auch stinklangweilig. Ich verkneife mir höflich einen Kommentar und stehe etwas verloren in dieser kühlen Herrlichkeit. Dabei komme ich mir vor, als hätte mich jemand in eine Wohnzeitschrift für Architekten gebeamt. Bei unserem Hausarzt liegt so was manchmal rum und beim Ansehen konnte ich mir nie vorstellen, wie man in solchen Häusern leben kann. Alles wirkte so steril und ausgestorben. Auch hier ist eigentlich, von den Geburtstagsgästen abgesehen, keine Spur von Leben sichtbar. Als ich Stine das zuraune, grinst sie zustimmend.

»Sehe ich genauso«, sagt sie, »aber das sind hier halt die Räume, wo sie Besucher empfangen. Da lassen solche Leute nix rumliegen, was ihrem Bild in der Öffentlichkeit schaden könnte. Also muss alles immer tipptopp aufgeräumt sein. Die haben aber bestimmt noch einen riesigen Privatbereich, denn schließlich müssen sie ja, wie andere Menschen auch, ihren persönlichen Kram irgendwo unterbringen. Pyjama und Zahnbürste, dreckige Socken und gebrauchte Unterwäsche ...«

Ich kichere, aber natürlich leuchtet mir das ein, schließlich räume ich ja auch immer etwas in meinen Zimmern auf, wenn ich Besuch kriege. Sonst eher nicht so oft.

Nun stürzt Viola auf uns zu; natürlich fragt sie sofort, ob es von *Power Girls* etwas Neues gibt. Ich schüttele bedauernd den Kopf und reiche ihr mein Geburtstagsgeschenk.

Das ist ein echter Volltreffer, sie freut sich schier weg über dieses It-Piece und zeigt es sofort überall herum. Sie ist total stolz, dass sie die neueste Goodie-Bag noch vor der Veröffentlichung des Gewinnspiels besitzt. Ich steige also gewaltig in ihrer Achtung. Tja, wenn man so eine coole Mutter hat wie ich!

Ansonsten ist die Party eigentlich ziemlich normal, es gibt ein paar Party-Spiele, die schon Standard sind, und von denen immer noch das Flaschendrehen mit Tat oder Wahrheit das Lustigste ist. Viola hat allerdings nur Mädchen eingeladen, wodurch das Spiel etwas an Reiz verliert. Auf den gemischten Zimmerpartys bei den Klassenfahrten gab es jedenfalls mehr zu lachen.

Hanna, Stine und ich verkrümeln uns bald an das Buffet. Es ist wirklich richtig heftig. Da merkt man, dass Violas Eltern nicht zu den Ärmsten gehören.

Das haben die doch bestimmt bei einem der besten Party-Services der Stadt bestellt. Selbst gemacht ist davon nichts. Schon wie die ganze Herrlichkeit aufgebaut ist, wirkt total professionell, aber natürlich auch überwältigend. Zwischen Ananas und ganzen Bananenbündeln entfaltet sich eine geradezu exotische Pracht exquisitester Häppchen. Ich schlage mir genüsslich den Bauch damit voll, schlürfe dazu köstliche Fruchtsaft-Cocktails und komme mir vor wie bei unserem einzigen Club-Urlaub auf Lanzarote.

Ich will grade das dritte Lachsschnittchen vertilgen, als zwischen Bananen- und Ananas-Deko völlig unerwartet das Gesicht von jemandem auftaucht, den ich überall auf der Welt, aber hier zu allerletzt vermutet hätte. Total perplex starre ich in die dunklen Hexenaugen von Céline und vor Schreck fällt mir der Lachsbissen wieder aus dem Mund und plumpst in eines der Cocktailgläser. Igitt!

Ich erwache aus meiner Erstarrung und will nach dem Glas

greifen, als eine Cousine von Viola mir zuvorkommt und sofort an dem Strohhalm zu saugen beginnt. Würg!

»N…nein …«, stammle ich, »ni…nicht trinken!« Und weil ich mir nicht anders zu helfen weiß, grapsche ich nach dem Glas und reiße es dem Mädchen förmlich vom Mund weg. OMG, wie peinlich! Aber ich kann doch nicht zulassen, dass jemand einen Cocktail mit meinem ausgespuckten Lachshäppchen trinkt. Das wäre zu eklig.

»Geht's noch!?«, faucht sie mich natürlich völlig verärgert an. »Was soll das?«

Ich versuche zu erklären: »Da, da ist was reingefallen … äh … was da nicht reingehört … ich … äh … denke, du solltest lieber was anderes trinken … besser wäre es!«

Ich greife nach einem anderen Glas und drücke es ihr in die Hand. Sie versteht zwar nicht wirklich, was vor sich geht, gibt sich aber zufrieden und zieht mit ihrem neuen Getränk ab.

Hm, und nun? Mein Blick streift Céline, die natürlich alles beobachtet hat und ein amüsiertes Grinsen im Gesicht trägt. Was will die überhaupt hier, wieso hat Viola sie eingeladen?

Mein schlechtes Gewissen wegen des Briefs ist plötzlich wieder da und das ärgert mich, weil es mir sofort meine gute Laune versaut. Außerdem habe ich immer noch den Spuckcocktail in der Hand und weiß nicht, was ich damit machen soll. Himmel, fühle ich mich belämmert.

Dann entdecke ich einen riesigen Kübel mit Eis, in dem Saftflaschen stecken, und kippe spontan den Inhalt des Cocktail-Glases hinein.

»Igitt«, sagt Céline neben mir mit ihrer dunklen Stimme. »Wäre die Toilette nicht besser gewesen?«

»Klar, wenn ich wüsste, wo die ist … find die mal in diesem Palast, ohne dich zu verlaufen.«

Ich stelle das leere Glas auf einem der Partytische ab.

»Musste ja nicht weitererzählen«, sage ich dabei.

Am liebsten hätte ich sie gefragt, wieso sie hier ist, aber vermutlich hat sie mit mir ebenso wenig gerechnet. Wir sind eigentlich beide keine Mädchen, die auf Violas Geburtstagsparty passen. Ich in meinem Konfirmationskleid und Céline in ihren Retroklamotten wirken echt beide ein bisschen fehl am Platz.

Viola und ihre Chicks hingegen sind voll in ihrem Element und strahlen in megastylischen glitzernden Partyfummeln, die so kurz sind, dass sie kaum über den Po reichen.

Das würde mein Dad niemals erlauben und meine modisch eher offene Mutter vermutlich auch nicht. Solche Teile in ihrer Mädchenzeitschrift abzudrucken, ist nämlich immer noch was anderes, als die eigene Tochter darin in der Öffentlichkeit herumlaufen zu lassen.

Mitten in meine tiefschürfenden Gedanken zum Leben der Superreichen ertönt die Aufforderung, sich in den Garten an den Pool zu begeben, weil dort eine Überraschung warten würde. Na, da bin ich mal gespannt!

Als ich mich nach Céline umsehe, ist die verschwunden, dafür haben mich Hanna und Stine wiedergefunden. Ich seufze erleichtert auf, in deren Gesellschaft fühle ich mich gleich viel wohler.

Der dezent illuminierte Garten wirkt fast schon wie ein Park und auch der erleuchtete Pool ist in der Dunkelheit ausgesprochen eindrucksvoll.

Die Überraschung stellt sich als Feuerwerk heraus, das mit lauter Knallerei und Getöse in den nun dunklen Himmel steigt. Es ist wunderschön anzusehen, wie unzählige Raketen ihre silbernen, goldenen und bunten Sternenschauer auf uns herabregnen lassen. Violas Eltern haben wirklich an nichts dabei gespart. Es ist fast so großartig wie das beim letztjährigen Stadtfest.

Ich träume noch den letzten farbigen Sternschnuppen nach, da ertönen hinter mir erregte Stimmen. Als ich mich umdrehe, sehe ich, wie sich Céline und Viola in einem heftigen Streitgespräch gegenseitig angiften.

»Du brauchst es dir ja nicht ansehen«, sagt Viola grade schnippisch. »Es zwingt dich niemand, meine Einladungen anzunehmen. War sowieso ein reiner Akt des Mitleids, weil doch sonst niemand was mit dir zu tun haben will.«

Céline geht auf diese Beleidigung gar nicht ein. Offenbar hat sie etwas an dem Feuerwerk zu kritisieren und lässt sich dabei nicht durch persönliche Angriffe ablenken.

»Wie könnt ihr so viel Geld einfach in die Luft jagen?«, schleudert sie Viola empört ins Gesicht. »Überall hungern Kinder in der Welt und sind auf der Flucht, weil man ihre Heimat mit Raketen beschießt, und ihr knallt hier zum Vergnügen rum.«

»Das bisschen Feuerwerk«, wirft Viola ein. »Mach dich doch nicht lächerlich!«

»Lächerlich ist es, dass so reiche Leute wie ihr das Geld für so einen Mist rauswerfen, statt es sinnvoll zu nutzen«, stößt Céline hervor und ihre Augen bekommen dabei einen fiebrigen Glanz. Scheinbar geht sie voll in dieser Sache auf.

»An anderer Stelle in dieser Welt kämpfen ganze Völker um ihr Überleben. Ein Bruchteil von dem Geld für euer Feuerwerk würde ihren Kampf sehr viel wirkungsvoller machen, ihren Lebensraum schützen und für ihre Kinder erhalten. Stattdessen stopft ihr Delikatessen aus diesen Ländern in euch rein und die Menschen dort sind euch keinen Cent wert, nicht mal einen Gedanken!«

»Jetzt hör aber auf«, greift nun Juliette verärgert in die Diskussion ein. »Benimm dich wie ein Gast und nicht wie ein Abgesandter auf einem Dritte-Welt-Kongress. Das ist hier wirklich nicht der richtige Ort, um so was zu besprechen.«

»Ach, nicht? Und warum nicht? Kann man an seinem Geburtstag nicht auch mal an andere denken?«

»Was willst du eigentlich?«, wird Viola nun wirklich sauer. »Hier eine Spendensammlung veranstalten oder mir einfach nur meinen Geburtstag versauen?«

Wie zwei Kampfglucken stehen sich die beiden nun gegenüber und es würde lächerlich wirken, wenn das Thema nicht so ernst wäre.

»Schmeiß sie doch in den Pool«, rät ein pickliges Mädchen in einem schrillen Paillettenfummel, »das machen wir bei uns zu Hause auch immer mit Gästen, die randalieren. 'ne kleine Abkühlung wirkt Wunder.«

Nun wird mir die Sache zu dumm und ich beschließe, spontan zur Tat zu schreiten, bevor das hier wirklich außer Kontrolle gerät. Ich möchte mir einfach nicht vorstellen, was passiert, wenn wirklich jemand Céline in den Pool schubst. Weiß man, ob die überhaupt schwimmen kann? Ich habe jedenfalls keine Lust, sie als halbe Wasserleiche da wieder rauszuziehen.

Ein Blick auf meinen Lebenskompass, ein eindeutiges ACTION, und schon mache ich die wenigen Schritte auf sie zu, packe sie am Arm und ziehe sie aus der Gefahrenzone.

»He, was soll das?«, schnauzt sie mich zwar ärgerlich an, aber ich zerre sie einfach kommentarlos hinter mir her zum Gartenausgang.

»Lass das«, schnaubt sie wütend, »ich bin noch nicht fertig mit denen ...«

»Die haben dir nichts getan«, fauche ich nun zurück. »Du kannst woanders für deine Projekte eintreten. Das ist eine Geburtstagsparty und du bist ein Gast. Also benimm dich auch so oder geh nach Hause!«

Wir stehen jetzt vor dem Gartentor auf der Straße.

Célines ganze Wut richtet sich nun gegen mich. Aber das ist mir im Moment ziemlich egal.

»Gastfreundschaft missbraucht man nicht!«, knurre ich auch nicht eben freundlich. »Oder gilt das in Ecuador nicht? Hast du das da, wo du herkommst, nicht gelernt?«

Ihr Blick wird schlagartig megamisstrauisch. »Woher weißt denn du, wo ich herkomme?!«

Uups, ja, woher weiß ich das? Natürlich aus dem Brief, aber das kann ich ihr ja schlecht sagen. Und ihr in diesem Moment den Brief zu geben, wäre ja wohl auch ein ziemlich ungünstiger Zeitpunkt.

Ich bleibe ihr also die Antwort schuldig und frage stattdessen: »Was ist, willst du dich bei Viola entschuldigen oder lieber nach Hause gehen?«

Sie zuckt mit den Schultern und pilgert ein Stückchen an der Mauer entlang, die das Grundstück umgibt. Eigentlich will ich zu meinen Freundinnen zurück auf die Party, andererseits mag ich sie auch nicht so allein hier im Dunkeln stehen lassen. Irgendwie fühle ich mich ihr gegenüber schuldig und habe das Bedürfnis, etwas gutzumachen.

So gehe ich innerlich zerrissen schweigend neben ihr her.

Der dumme Brief in meiner Umhängetasche scheint zu leuchten wie ein bengalisches Feuer und ich bilde mir ein, dass Céline ihn sehen oder doch zumindest spüren muss.

Ich fürchte mich inzwischen vor ihm ... er ist unheimlich ... wie eine schwere Last drückt er mich jeden Tag stärker nieder ... und jetzt in diesem Augenblick ganz besonders.

Warum soll ich mich nicht von ihm befreien und ihn ihr einfach geben, jetzt sofort? Mein Entschluss steht fest.

Die Gedanken in meinem Kopf hören auf zu kreisen, die Kompassnadel auch. Sie zeigt tiefenentspannt auf OKAY.

Man muss auch mal was riskieren. Ich nehme meinen ganzen Mut zusammen. Jetzt heißt es einfach nur stark sein.

»Warte mal«, sage ich also zu Céline. »Ich wollte dir noch was geben, von meinem Vater, der Brief ist irrtümlich in unserer Post gelandet.«

Ich fische den Umschlag aus der Tasche und reiche ihn zu ihr rüber. Meine Hand beginnt unwillkürlich leicht zu beben. Ich versuche sie zu stoppen, aber sie gehorcht mir nicht. Mist, das macht mich doch gleich verdächtig.

Céline bleibt stehen, ihr Blick ist undefinierbar. Sie nimmt den Brief entgegen und dreht ihn zwischen den Fingern.

»Aha, daher weißt du, dass meine Eltern in Ecuador sind«, sagt sie langsam, es scheint, als wäre es ihr nicht recht. »Vielleicht kannst du es für dich behalten?«

Ich zucke mit den Schultern. »Warum nicht, wenn du es willst.«

Sie wirkt zunächst erleichtert, dann fährt ihr linker Daumen ganz zufällig über die Klebekante. Sie stockt einen Moment ... alles klar ... ich fühle mich ertappt. Als sie aufsieht, steht mir das schlechte Gewissen offenbar total ins Gesicht geschrieben. Ihr Blick wird intensiver, als sie fragt: »Du hast ihn aufgemacht?«

Und als ich nicht antworte, zählt sie natürlich eins und eins zusammen. Ihre Augen glühen plötzlich in einem zornigen Feuer. Mir wird heiß, als sie mit kaum zurückgehaltener Wut noch einmal, aber nun laut und anklagend sagt: »DU HAST IHN AUFGEMACHT!!!«

Ihre Worte hallen schaurig in der leeren, dunklen Straße wider.

Mir ist sofort klar, dass es in ihren Augen dafür keine Entschuldigung geben kann. Also spare ich mir jede Ausrede und sage mit vor Scham zitternder Piepsstimme: »Ja, habe ich, ich, ich war einfach zu neugierig, ich wollte wissen, was für ein Geheimnis du hast ...«

»Und, weißt du es jetzt?«

»Ich, äh, vielleicht ... äh ... vielleicht auch nicht ... also ... ich verstehe zumindest deine Eltern ein bisschen ...«

»Nichts verstehst du«, faucht sie mich an. »Bilde dir da ja nichts ein! DU HAST KEINE AHNUNG! Von gar nichts. Kapiert? Du weißt nichts von mir und meinen Eltern, ist das klar?«

Ich nicke und bin jetzt echt von der Heftigkeit ihrer Reaktion erschüttert.

»Und wehe, du sagst auch nur ein Wort zu irgendjemandem, dann lernst du mich kennen!«

Die Drohung ist unüberhörbar, dennoch versuche ich es noch mal peacig.

»Es, es tut mir so leid, wirklich, kannst du mir denn gar nicht verzeihen ...«

Sie stopft den Brief in ihre Rocktasche und schaut an mir vorbei. »Schleich dich«, sagt sie mit einem Kratzen in der Stimme, und weil wir nun in den Bereich eines Bewegungsmelders geraten sind, flammt über uns ein Spot an der Mauer auf. Ich erkenne, dass es in ihren Augen feucht schimmert. Das überrascht und erschüttert mich. Sind es Tränen der Wut oder ist sie so traurig und enttäuscht über meinen Vertrauensbruch?

Einen Moment stehen wir uns schweigend gegenüber, ich fühle mich richtig mies und hoffe dennoch auf ein winziges Zeichen der Versöhnung von ihr, aber es kommt nichts. Nur die Stille lastet auf uns, bleiern und schwer.

»Steck deine Nase in deine eigenen Angelegenheiten«, sagt Céline schließlich. Dann dreht sie sich um und geht mit durchgedrückten Schultern und erhobenem Kopf eilig davon. Ihre Cowboystiefel klackern auf dem Kopfsteinpflaster und ihr Rock weht im Wind.

Ich schaue ihr fassungslos nach und habe dabei das Gefühl, dass es sie gar nicht wirklich gibt. Sicher befinde ich mich in einem Traum, aus dem ich hoffentlich bald aufwache!

Ich trete aus dem Lichtkreis des Spots, um mich möglichst unauffällig im Dunkeln nach Hause zu schleichen, denn auf die Party habe ich nun wirklich keinen Bock mehr. Da höre ich die Rollen eines Skateboards hinter mir.

Ich bin todtraurig und fühle nun, dass mir selbst auch die Tränen über die Wangen laufen. Hastig wische ich sie mit dem Handrücken ab. So möchte ich keinem Menschen begegnen. Okay, dem, der jetzt neben mir auftaucht, schon mal ganz und gar nicht. Das wäre ja der Gipfel der Peinlichkeit, wenn Robroy mich heulen sehen würde.

»Hey, Lotte, so spät noch allein unterwegs?«, spricht er mich jetzt tatsächlich an. Ich wende mein Gesicht also ab, als ich antworte: »War auf 'ner Party.«

Wenn mein Verhalten ihn irritiert, lässt er es sich nicht anmerken. »Bei Viola? Ich dachte, du bist nicht so dick mit den Chicks.«

Ich kriege bestimmt einen Krampf im Nacken, wenn ich den Kopf noch länger so künstlich verrenkt von ihm wegdrehe, also slippe ich in eine normale Haltung zurück und sehe ihn nun an. Ist mir egal, ob er erkennt, dass ich geflennt habe.

»Bin ich auch nicht, aber ich habe Viola einen Gefallen getan, dafür hat sie mich auf ihre Geburtstagsparty eingeladen. War aber nicht so toll …«

»Sicher total schickimicki oder?«

Ich nicke. »Voll schickimicki …«

»Warst du allein da?«, fragt er etwas verwundert. Klar, sonst bin ich ja immer mit den GIRLS zusammen.

Ich schüttle den Kopf, während er das Skateboard hochflippt und unter den Arm klemmt. Nebeneinander gehen wir nun weiter. »Nee, mit Hanna und Stine. Aber es gab Krach zwischen Céline und Viola ... jemand hätte sie fast in den Pool geworfen, da, äh, habe ich ein bisschen eingegriffen.«

»Typisch Lotte ...«

»Findest du? Wieso ist das typisch für mich?«

»Na ja, leidest du nicht ein bisschen unter einem Helfersyndrom?«

Er sagt es gar nicht abwertend, sondern irgendwie ziemlich nett und weil ich im Moment alles, nur keine Nettigkeit ertragen kann, breche ich wieder in Tränen aus.

Jetzt ist er voll verwirrt. »Habe ich was Falsches gesagt?«, fragt er schuldbewusst. »Ich habe das echt nicht böse gemeint ... ich ... ich finde das nämlich eigentlich ziemlich gut an dir ... auch nicht lächerlich oder so ...«

Aha, auch nicht »oder so«, denke ich und muss ein bisschen lächeln, weil er sich derart verrenkt, um mich zu trösten. Das hat er schon in der Grundschule immer sehr wirkungsvoll getan.

Ich muss plötzlich an unser Baumhaus denken.

»Bist du mal wieder da gewesen?«, frage ich wie aus heiterem Himmel.

Natürlich weiß er nicht, wovon ich rede. »Wo gewesen?«

»In unserem Baumhaus ...« In dem Moment, wo ich es ausspreche, ist es mir auch schon peinlich.

»Ach, da ...« Er schüttelt den Kopf. »Nein, seit damals nie wieder.«

Seit damals, denke ich und beginne, auf meiner Unterlippe zu kauen. Reine Verlegenheit, während ich mich frage, warum es eigentlich zu Ende ging mit dem Baumhaus? Was hat uns auseinandergebracht?

Ich weiß es nicht mehr – oder doch? Robs Familie ist in die Neubausiedlung an den Stadtrand gezogen. Zwei Jahre früher als wir … von dort war es für ihn zu weit, jeden Tag zum alten Gut zu kommen, es lag ja ganz auf der anderen Seite der Stadt … da, wo dann die tollen Villen gebaut wurden, auch die von Violas Eltern …
Ich stocke bei dem Gedanken und bleibe abrupt stehen.
»Es muss doch hier ganz in der Nähe sein«, sage ich und blicke mich nun genauer um. »Allerdings gab es diese Straße damals noch nicht.«
Rob weiß sofort, worauf ich anspiele.
»Am Weideweg, dort hinten rein, glaub ich«, meint er und deutet mit dem Arm die Straße hinunter. Wir sehen uns an und brauchen keine Worte. Rob greift nach meiner Hand.
»Komm«, sagt er, »wir schauen nach, ob es noch da ist. Ich wollte es immer schon mal wissen.«

Meine Finger ertasten im Dämmerlicht des aufgehenden Mondes die Konturen eines in den alten Baum eingeschnitzten Herzens. Sachte fahre ich die Buchstaben in seinem Inneren ab. R und L … ganz deutlich spürbar, weil sehr tief, wie für die Ewigkeit, in die Rinde eingekerbt.
Vom Baumhaus sind nur noch ein paar Bretter übrig, die schief und absturzgefährdet in der breiten Krone hängen.
Ein bisschen traurig, dieser Anblick, aber das Herz ist ja wenigstens noch da. Ich lehne mich gegen den mächtigen Stamm und lasse mich von meinen Erinnerungen überwältigen. Rob und ich … zwei Baumhausbauer … Freunde … Vertraute … Träumer … nebeneinander in unserer luftigen

Hütte hockend ... draußen prasselt der Regen nieder, doch wir haben es warm unter der alten Decke, die über unseren Beinen liegt ... Wir fühlen uns geborgen und zugleich herausgehoben aus der Welt ... Spazieren zusammen durch unsere Träume, trinken Limo und ... sind glücklich.

»Es war eine schöne Zeit«, sagt Rob. »Ich finde es gut, dass wir beide wieder in einer Klasse sind und du mit deiner Mutter auch in der Siedlung wohnst.«

»Wir haben einiges gemeinsam«, flüstere ich, »nicht nur Erinnerungen.« Meine Emotionen schlagen Purzelbaum.

Rob überspielt den gefühlvollen Moment mit einem Lachen. »Ja, das haben wir, zum Beispiel die Klavierstunden bei Oma Petersen.«

Ich liebe es, wie geschickt er Peinlichkeit gar nicht erst aufkommen lässt. Von allen Jungs, die ich kenne, und wir haben ziemlich viele in der Klasse, ist er der einzige, der Mädchen gegenüber immer respektvoll ist. Auch jetzt wieder.

»Bist du heute bei deinem Vater oder bei deiner Mutter?«

»Bei meinem Vater.«

»Warum haben sie sich eigentlich getrennt? Deine Eltern, meine ich.«

Ich versuche es ihm zu erklären.

»Aber ich bringe sie wieder zusammen. Das ist mein wichtigstes Projekt für dieses Jahr.«

»Wenn ich helfen kann ...«, bietet er ohne Zögern an.

»Mal sehen, wird nicht ganz leicht. Danke für das Angebot, vielleicht komme ich darauf zurück. Sei gewarnt, du weißt nicht, worauf du dich einlässt.«

»Das Risiko gehe ich ein«, sagt er, grinst ein wenig verlegen und wechselt schnell das Thema. »Okay, dann bring ich dich jetzt zu deinem Vater nach Hause.«

»Aber ich kann den Bus nehmen.«

»Unsinn, ich gehöre nicht zu den Jungs, die ein Mädchen im Dunkeln allein durch die Stadt laufen lassen, auch nicht zum Bus.«

»Okay, dann muss ich mich wohl fügen.«

Er lacht. »Ja, musst du, auch wenn's schwerfällt.«

Ich simse Hanna und Stine kurz, dass ich schon auf dem Heimweg bin und mich später noch mal melde, schließlich sollen sie sich keine Sorgen machen. Dann nehme ich Robs Angebot an.

Unnötig noch extra zu betonen, wie sehr ich mich nach dem Stress mit Céline über seine Ritterlichkeit freue. Ich bin sicher, Prinz Eron hätte genauso gehandelt.

Freunde finden

»Wer ist bereit, mir zu folgen und in die Schlacht gegen die Hexe und ihre Feuer speiende Drachenbrut zu ziehen, um das Königreich Elysium zu retten?«

Prinz Erons Blick schweift über die Köpfe seiner treuesten Recken, die sich im Schlosshof versammelt haben. Die Rührung tritt ihm in die Augen, dennoch sagt er: »Ich muss euch warnen. Es ist eine harte, entbehrungsreiche Aufgabe, die vor uns liegt, wollt ihr sie wirklich auf euch nehmen?« Es ertönt ein vielstimmiges: »Für Eron! Für Elysium!«, und ich falle aus vollstem Herzen mit ein.

Es war gut, dass Violas Party am Samstagabend stattgefunden hat, denn so kann ich am Sonntag mal richtig ausschlafen und mir ein duftendes Schaumbad in der großen alten Badewanne gönnen. Herrlich, ich liebe Vanille mit Maracuja und Seidenproteinen. Meine Haut auch, sie und ich sind danach vollkommen tiefenentspannt.

Papa hat ausnahmsweise sogar mal eingekauft, und als ich in die Küche hinunterkomme, steht ein tolles Frühstück wie hingezaubert auf dem Tisch. Voll *Tischlein deck dich*, echt märchenhaft.

»Nur die Spiegeleier müssen noch in die Pfanne«, meint er, »die schmecken ja frisch am besten.« Ich sehe die fein gehackten Kräuter und den klein gewürfelten Speck und mir läuft das Wasser im Mund zusammen. Irgendwie kommt mir dabei das Lachshäppchen im Cocktailglas in den Sinn und kichernd erzähle ich Papa davon.

»Aber mal ehrlich«, sage ich, als er lacht, »das Buffet war ja wirklich exquisit, doch mit deinem Frühstück kann es nicht mithalten.«

Er glaubt es zwar nicht ganz, freut sich aber trotzdem über das Lob. Ich frage ihn, ob er was dagegen hat, wenn Hanna und Stine am Nachmittag kommen, aber er findet ja sowieso, dass man ein offenes Haus führen soll und da sind Gäste fast immer willkommen. Also auch heute kein Problem.

Die beiden besuchen mich gerne mal am Wochenende, denn Hanna hasst die sonntäglichen Kaffeekränzchen mit ihrer Verwandtschaft und Stines Eltern glauben sowieso, dass ein Mädchen in ihrem Alter seine Freizeit lieber selbst gestalten möchte, als von Mama und Papa bespaßt zu werden. Womit sie bei ihrer Tochter absolut richtigliegen.

Also tauchen die beiden kurz nacheinander am frühen Nachmittag bei mir auf.

Sie sind natürlich megagespannt darauf, was ich zu gestern Abend noch zu berichten habe, denn normal ist es ja nicht, dass ich mit ihnen zu einer Party gehe und dann plötzlich verschwinde und mich nur mit einer kurzen SMS melde.

»Wir haben uns echt Sorgen gemacht«, meint Stine vorwurfsvoll, »besonders, weil Céline gleichzeitig mit dir verschwunden ist.«

»Ich hab gedacht, du bringst sie nur raus, damit sie nicht doch noch einer in den Pool wirft, aber dass du gar nicht mehr zurückkommst ...« Hanna schüttelt den Kopf und kann ihre Neugier kaum noch zügeln. »Nun erzähl schon, sonst platze ich!«

Das will ich ja nicht riskieren.

»Wirklich, das war nicht nett, uns unter den ganzen Hühnern allein zu lassen!« Stine wirkt immer noch ein bisschen angefressen.

»Ich hab euch doch extra eine SMS geschickt.«

»Ja, aber wie sollten wir denn wissen, was mit dir los ist? Man haut doch nicht ohne Abschied einfach ab und fährt mit dem Bus nach Hause«, nörgelt auch Hanna an meinem Verhalten rum.

»Was ist denn nun eigentlich passiert?«, will Stine jetzt aber endlich wissen.

Also erzähle ich – und zwar alles. Wenn nicht mit meinen besten Freundinnen, mit wem sonst sollte ich auch darüber sprechen, und für mich behalten kann ich es einfach nicht mehr.

Ihre Reaktion ist allerdings ziemlich eindeutig und keineswegs schmeichelhaft für mich.

»Nein!« – »Nicht wirklich!«, rufen beide ungläubig aus, als ich erzähle, wie ich den Brief geöffnet habe.

»Das hast du nicht wirklich gemacht, das verstößt doch gegen das Briefgeheimnis.«

»Ich weiß, es ist auch nicht zu entschuldigen, aber ich war einfach total neugierig.«

»Das geht trotzdem nicht«, findet Stine diese Aktion gar

nicht gut und lässt meine Neugier als Entschuldigung nicht gelten.»Wo kämen wir denn hin, wenn jeder, nur weil er neugierig ist, die Briefe anderer Leute öffnen würde!«, stößt sie empört hervor und sieht mich mit einem Blick an, der sie ganz offensichtlich an unserer Freundschaft zweifeln lässt. Mir wird ganz schlecht bei dem Gedanken, dass sie mich nun vielleicht nicht mehr mag. Sie ist meine allerbeste Freundin, genau wie Hanna, was sollte ich ohne die beiden denn anfangen? Nicht auszudenken!

Also erzähle ich schnell weiter, um ihnen zu zeigen, dass ich ja selber auch ein ganz schlechtes Gewissen hatte und versucht habe, die Sache schleunigst wieder hinzubiegen. Ich berichte, wie ich Céline, nachdem wir die Party verlassen hatten, den Brief gegeben habe und wie böse sie darauf reagiert hat.

»Das kann ich jetzt aber wirklich verstehen«, meint Stine immer noch angesäuert. Ich glaube, sie ist echt enttäuscht von mir und dieser Aktion.

»Ich weiß ja, dass ich Mist gebaut habe«, nehme ich einen erneuten Anlauf,»aber das passiert doch jedem mal. Nobody is perfect. Zumindest hab ich versucht, es wiedergutzumachen. Ich habe ihr auf der Party beigestanden, als man sie in den Pool werfen wollte, und ich hab ihr den Brief gegeben und gestanden, was ich damit gemacht habe.«

Ich schaue meine Freundinnen um Verständnis bittend an.

»Manch anderer hätte den Brief einfach vernichtet und es wäre nie rausgekommen, was damit geschehen ist. Ihr könnt mich doch jetzt nicht so verurteilen, nur weil ich ehrlich war und meine Schwäche zugegeben habe.«

Stine kratzt sich am Kopf, was sie manchmal tut, wenn sie ein wirklich schwieriges Problem lösen muss. Aber Hanna ist auch ohne langes Nachdenken spontan bereit, mir zu verzeihen.

»Ich hoffe, dass Céline es irgendwann auch tut«, sagt sie sogar mitfühlend.

»Und ihr bleibt meine Freundinnen?«

Nun schaut mich auch Stine offen an und meint mit einem leicht verzweifelten Grinsen: »Na ja, wir kennen ja deinen Hang zum Fettnäpfchenspringen und ohne uns wärst du vermutlich völlig aufgeschmissen, verloren in Chaos und Katastrophen. So herzlos können wir schließlich nicht sein.«

Hanna lacht und meint bestätigend: »Nee, das können wir nicht. Du weißt doch: Alle für eine ...«

»... und eine für alle!«, ergänze ich unser GIRLS-Club-Motto und verspreche: »Kommt nie wieder vor und ich mache es schon noch irgendwie bei Céline gut.«

Damit sind wir dann wieder beim Thema und da ich ja nun einiges über Céline weiß, ziehe ich, trotz ihrer Drohung, meine Freundinnen ins Vertrauen. Natürlich unter dem Siegel größter Verschwiegenheit.

»Ihre Eltern arbeiten bei irgendeinem Projekt im Regenwald von Ecuador«, sage ich. »Da scheint das Dorf eines Indianerstammes durch Ölbohrungen bedroht zu sein. Ihr Vater ist sogar Doktor. Meint ihr, er ist Urwaldarzt, so wie Albert Schweitzer?« Der ist ja immerhin ein berühmter Arzt in Afrika gewesen, wo er das Urwaldkrankenhaus Lambaréné gegründet hat. Sogar den Friedensnobelpreis hat er dafür bekommen.

»Ob Célines Eltern auch so cool sind?«

»Das wäre ja der Wahnsinn!«, ruft Hanna begeistert aus. »Wollen wir es mal googeln?«

Das ist eine gute Idee und bald hocken wir auf dem Diwan um meinen Laptop herum und staunen, denn es gibt eine ganze Menge von Einträgen, in denen Célines Eltern vorkommen.

»Also, ihr Vater ist Völkerkundler und erforscht die Sprachen von Naturvölkern, die vom Aussterben bedroht sind«, stellt Stine fest.

»Und ihre Mutter beschäftigt sich als Biologin mit bedrohten Pflanzen und Tieren des Regenwaldes«, ergänze ich. »Die würde mein Vater sicher gerne kennenlernen.«

»Da habt ihr ja richtig was gemeinsam«, meint Hanna. »Vielleicht solltest du Céline mal euer Tropengewächshaus zeigen.«

»Stimmt«, hält auch Stine das für eine gute Idee. »Vielleicht kriegt sie dann heimische Gefühle und taut endlich ein bisschen auf.«

»Bei den Temperaturen schmilzt selbst ein Eisblock«, sagt Hanna lachend.

»Ich verstehe nur nicht«, gebe ich zu bedenken, »warum sie so ein Geheimnis aus ihren Eltern gemacht hat? Sie kann doch stolz auf sie sein, wenn die sich so für bedrohte Lebensräume von Menschen und Tieren einsetzen.«

»Ich glaube, sie ist einfach total sauer, dass ihre Eltern sie weggeschickt haben. Bestimmt stellt sie sich deswegen so bockig an und provoziert jeden. Vielleicht hofft sie sogar, von der Schule zu fliegen.«

»Klar, das wäre logisch«, kann Hanna Stines Überlegungen

gut nachvollziehen.«»Das liegt ja ziemlich nahe. Denn dann müssten ihre Eltern sie wieder zu sich nehmen.«

Ich schüttele den Kopf. »Wenn dieser Kampf mit der Ölfirma wirklich so gefährlich ist, machen die das nie. Dann kommt sie garantiert nur auf ein anderes Internat.«

Wir starren gemeinsam auf die Internetseite, wo über den Kampf der Indianer um ihr Dorf Yarasacu berichtet wird. Die Fotos zeigen, wie nach einem Tropenregen die Ölschlämme von den Bohrstellen bis in die Dorfstraße geschwemmt wurden. Auf dem Fluss, an dem ihre Pfahlhäuser stehen, schimmert eine schillernde Ölschicht, bunt wie ein Regenbogen, aber für Tiere und Menschen todbringend.

Auch Dr. Constantin Grabenhorst und Célines Mutter Elina Grabenhorst werden erwähnt. Sie äußern sich in einem Interview zu der angespannten Lage und bitten um Spenden, mit denen zum Schutz des Dorfes Dämme gegen den tödlichen Schlamm gebaut werden sollen.

Es gibt Bilder von ihnen und wir finden es total sympathisch, wie sie vor Ort mit den Indianern gegen die Schlammflut kämpfen.

»Guckt mal«, lenke ich die Aufmerksamkeit meiner Freundinnen auf das Foto von zwei Indianern. »Das sind ja Rudolfo und Constancia. In dem Brief steht, dass die bald nach Deutschland kommen und hier Freunde und Unterstützer für ihr Dorf werben wollen.«

»Das ist cool«, findet Stine und weil sie von Haus aus sehr sozial eingestellt ist, hat sie auch sofort eine Idee. »Da könnten wir doch eigentlich ein bisschen mithelfen. Ob die wohl auch an unsere Schule kommen würden?«

Ich schaue sie fragend an, bestimmt formt sich in ihrem Kopf bereits ein ziemlich konkreter Plan, sie brennt nämlich sehr schnell für eine gute Sache.

»Einfach so?«, fragt Hanna zweifelnd, weil ihr Stines plötzlicher Aktionismus mal wieder etwas unheimlich ist, denn sie ist eher ein bedächtiger Typ, was nicht heißt, dass sie nicht ein ebenso großes Herz hat. Nur schlägt es etwas langsamer als das von Stine, dann aber mächtig! *g*

»Natürlich nicht einfach so«, stellt Stine schnell klar, »aber wir könnten doch zum Beispiel an unserer Schule einen Regenwaldtag organisieren und die beiden dazu einladen.«

»Das ist eine geniale Idee«, bin ich ebenfalls begeistert, »aber glaubst du, die Schule zieht da mit?«

Vor meinem geistigen Auge sehe ich, wie sich auf Zwiefaltens Stirn die beiden scharfen Falten noch verstärken und er Stines Idee sofort mit den Worten »Das ist im Lehrplan nicht vorgesehen« abschmettert. Als ich das erwähne, lässt Stine sich davon nicht beirren.

»Der wimmelt ja sowieso jede zusätzliche Arbeit ab. Aber unsere Direktorin ist doch immer für soziales Engagement, die hätte auch den Zirkus unterstützt. Wenn wir sie mit ins Boot kriegen, könnte das eine richtig tolle Aktion werden. Vielleicht sogar am Projekttag. Noch haben wir ja kein Thema bekommen.«

»Aber glaubt ihr wirklich, dass Céline das gut findet? Sie hat sich doch bisher immer geweigert, etwas von ihrem Privatleben preiszugeben. Das würde dann ja total in die Öffentlichkeit gezerrt …«, bremst Hanna mal wieder unsere spontane Begeisterung.

Hannas Bedenken erscheinen mir begründet und darum werde ich nun ebenfalls etwas zurückhaltender, egal wie super ich Stines Idee auch finde.

»Hanna hat recht. Ohne mit Céline darüber gesprochen zu haben, sollten wir nichts unternehmen. Die könnte es als Einmischung in ihr Leben auffassen und das möchte ich mir nach dieser blöden Briefgeschichte nicht auch noch von ihr vorwerfen lassen.«

Das leuchtet auch Stine ein und so beschließen wir, zunächst ein bisschen Gras über meinen Streit mit Céline wachsen zu lassen und sie dann doch mal zu einem GIRLS-Treffen einzuladen, um die Sache mit ihr zu besprechen.

»Am besten bei uns im Tropengewächshaus«, schlage ich vor. Und weil auch Hanna und Stine das für einen sehr passenden Ort für ein solches Gespräch halten, ist die Sache gebongt.

Allerdings hängt nun alles davon ab, wie sich Céline mir gegenüber künftig verhalten wird. Und wenn ich daran denke, wie wütend sie war, als wir nach der Party auseinandergegangen sind, kann ich mir nicht vorstellen, dass am Montag in der Schule zwischen uns ausgerechnet jetzt Friede, Freude Eierkuchen herrschen wird. Hat es ja genau genommen eh noch nie. Dennoch, aufgeben gilt nicht!

»Na, dann schauen wir mal«, sage ich also beim Abschied zu meinen Freundinnen. »An mir soll es nicht liegen.«

Okay, Céline ist weiter auf Krawall gebürstet. Jedenfalls würdigt sie mich am Montag in der Schule keines Blickes. Auch Viola und die Chicks ignorieren sie komplett, und als Frau Weisgerber sie im Deutschunterricht bittet, mit Juliette gemeinsam in deren Lesebuch zu schauen, weil sie ihres nicht dabeihat, starrt sie einfach weiter Löcher in die Luft.

»Du bist mit dem Vorlesen dran, Céline«, fordert Frau Weisgerber sie geduldig ein zweites Mal auf, »hast du mich nicht verstanden?« Keine Reaktion.

»Ich glaube, sie will wirklich von der Schule fliegen«, wispert mir Hanna zu und ich habe genau diesen Eindruck auch.

»Bist du krank? Kannst du nicht sprechen?«, forscht Frau Weisgerber nun mit einer leichten Verzweiflung in der Stimme nach und geht zu Célines Platz hinüber.

Sie schüttelt den Kopf.

»Aber du willst dich schon am Unterricht beteiligen?« Wieder Kopfschütteln. Frau Weisgerber ist nun ratlos.

»Komm bitte mal kurz mit mir vor die Tür«, fordert sie Céline nun auf. Das macht sie hin und wieder, Schüler vor die Tür bitten, um mit ihnen unter vier Augen zu sprechen. Wir finden das ziemlich korrekt, denn manchmal hat ja jemand ein Problem, das er nicht vor der ganzen Klasse breittreten will.

Ich glaube aber nicht, dass das der Grund für Célines aufmüpfiges Verhalten ist. Sie will scheinbar einfach nur weg. Aus unserer Klasse, unserer Schule, dem Internat und Deutschland. Wahrscheinlich fehlen ihr ihre Eltern mehr, als wir es uns vorstellen können. Bestimmt heult sie deswegen jede Nacht.

Sie steht auf und geht vor Frau Weisgerber zur Tür. Beide verlassen die Klasse. Sofort bricht ein wildes Spekulieren aus, weil sich natürlich jeder fragt, was nun schon wieder mit Céline los ist. Klar, dass Viola auch von dem Streit auf der Party erzählt, und so wie sie das schildert, klingt es, als wäre Céline eine gemeingefährliche Irre, die Spaß daran hat, mutwillig und bösartig anderen Menschen ihre Geburtstagsparty zu versauen.

»Ihr hättet das sehen sollen, wie eine Furie hat sie sich auf mich gestürzt – und das nur wegen ein bisschen Feuerwerk. Die ist total durchgeknallt, wir wussten uns nicht mehr zu helfen und hätten sie fast zum Abkühlen in den Pool geworfen.«

»Warum habt ihr es nicht getan?«, fragt Marcel schadenfroh kichernd. »Das hätte ihr bestimmt mal gutgetan. Ich war ja leider nicht eingeladen, sonst hätte ich das für dich erledigt.«

Das kann ich mir gut vorstellen, aber natürlich können wir GIRLS das nicht so stehen lassen. Ein bisschen anders, als Viola es darstellt, ist es schließlich schon gewesen. Ich will die Sache also grade klarstellen, als Frau Weisgerber und Céline die Klasse wieder betreten.

Céline setzt sich auf ihren Platz, stiert weiter in die Luft und Frau Weisgerber nimmt mich mit Lesen dran. Na toll, dann scheint das Vier-Augen-Gespräch ja ein voller Erfolg gewesen zu sein.

»Dreht sie jetzt völlig durch?«, will Hanna in der kleinen Pause wissen. Ich hab keine Ahnung und zucke mit den Schultern.

»Das mit dem Regenwaldtag lassen wir besser erst mal, bis sie wieder normal ist.« Und noch während ich das sage, frage ich mich, ob dieser Zustand wohl jemals bei ihr eintreten wird. Ehrlich, so ein Mädchen wie sie ist mir in meinem ganzen Leben noch nicht begegnet.

Unseren Lehrern wohl auch nicht, denn wir kriegen überraschend die letzte Stunde wegen einer Klassenkonferenz frei.

»Da geht es bestimmt um Céline«, spekuliere ich und wir schauen ihr nach, wie sie mit hastigen Schritten das Schulgelände verlässt und zum Internat rüberläuft.

Die unverhoffte Freistunde nutzen wir, um bei unserem Lieblingsitaliener noch einen Knusperbecher zu verdrücken. Natürlich reden wir über Célines Verhalten gegenüber Frau Weisgerber, die ja nun wirklich eine nette und verständnisvolle Lehrerin ist. Wenn nicht mal die an sie rankommt, sehe ich schwarz.

Nach hitziger Diskussion fasse ich schließlich noch mal zusammen: »Céline ist scheinbar total frustriert und will um jeden Preis in den Regenwald zurück. Da kann man nichts machen, wenn sie bisher immer mit ihren Eltern zusammen war, ist dort ja schließlich ihre Heimat. Uns würde es sicher auch nicht gefallen, das alles plötzlich zu verlieren.«

Offenbar hat Hanna die Hoffnung ebenfalls aufgegeben, Stines Interesse an einem Regenwaldtag hat einen ziemlichen Dämpfer bekommen und ich muss gestehen: »Ich bin ratlos, da kann nur noch ein Wunder helfen.«

Aber Wunder geschehen immer wieder. Unser Wunder heißt *Reina de la Noche,* hat eklige, spitze Stacheln und wunderbar weiße Blüten. Doch der Reihe nach …

Mama muss zur Vorbereitung des Fotoshootings für *Power Girls* mit Richie, dem Fotografen, Locations ansehen. Dafür ist sie schon wieder zwei Tage auf Dienstreise. Hm, langsam wird mir das etwas viel und immer ist dieser Richie dabei …

»Es ist nun mal ein Projekt«, sagt Mama zu ihrer Entschuldigung, »bei dem es vieles zu organisieren gilt. Das geht nur im Team.«

Sie wird recht haben und ändern lässt sich daran sowieso nichts, also bleibe ich noch etwas länger bei Papa.

Es ist praktisch, dass der bei so was einspringen kann und es auch gerne tut. So muss ich nicht allein zu Hause rumhängen. Nur Polly bringt Mama mir noch vor ihrer Abreise vorbei. Meine Hündin freut sich schier weg, weil sie nämlich Papas großen Garten liebt, und beginnt sofort darin herumzustromern. Allerdings sollte sie sich vor Majestix in Acht nehmen, der den Garten als sein Revier betrachtet.

Schon bald geht das Bellen und Fauchen los und ich muss erst einmal für Frieden sorgen. Aber da ich Polly öfters zu Papa mitnehme, ist den beiden die Situation eigentlich vertraut und der Kampf ums Revier bei Majestix nur ein Spiel. Er weiß ja, dass Polly nach wenigen Tagen wieder verschwindet. So gibt er sich meistens kompromissbereit und zieht sich in seinen Lieblingsbaum zurück. Dahin kann Polly ihm nicht folgen und er hat alles im Blick. Seine schnurrige Majestät auf ihrem Schlossturm! Kicher!

Nach dem Mittagessen lockt Papa mich mit den Worten »Ich muss dir was zeigen, es ist ein echtes Wunder« in den Garten. Er klingt geheimnisvoll, aber auch irgendwie freudig erregt. Hm, was mag das für ein Wunder sein? Vermutlich keins, das uns bei Céline weiterhelfen könnte.

Er zieht mich zum Ende des Tropenhauses, dort führt eine schmale Tür in einen runden Gewächshausanbau, der Papas Kakteensammlung beherbergt. Hier ist es ebenfalls warm, aber die Luft ist anders als im Tropenhaus total trocken. Die Klimaanlage surrt und ein Gecko huscht bei unserem Eintreten in eine Spalte zwischen zwei Bruchsteinen.

Papa hat das alles selbst gestaltet und aus Sand, Kies, Lava- und Sandstein eine abwechslungsreiche Wüstenlandschaft geformt, in die sich die unterschiedlichen Kakteen wie in ihrer natürlichen Umgebung eingepasst haben.

Er deutet auf den größten Schlangenkaktus, der ist fast zwei Meter hoch und durch zahlreiche Gliederarme sehr verschlungen.

»Schau, die Reina de la Noche hat gewaltige Knospen angesetzt. Bin gespannt, wann sie blüht.«

Die Reina de la Noche ist eine lateinamerikanische Form der *Königin der Nacht,* einer Kakteensorte, die ihre Blüten nur für eine einzige Nacht öffnet. Unsere Reina hat besonders große Blütenkelche. Papa hat irgendwann einen Ableger von Mallorca mitgebracht und schon seit Jahren gehofft, dass der Kaktus einmal blühen würde. Aber das Klima war wohl immer nicht günstig genug. Nun, wo sie ihren Platz in einem eigenen Kakteenhaus hat, stehen die Chancen natürlich sehr viel besser.

»Dieses Jahr werden wir es schaffen«, sagt Papa zuversichtlich, »das wird eine Sensation. Was hältst du davon, wenn wir in der Nacht eine Blühparty veranstalten. Deine Freundinnen und ihre Eltern möchten das Ereignis doch sicher auch miterleben.«

»Klar«, stimme ich begeistert zu, »wir machen exotische Häppchen und Drinks und …« Ich stocke. »Mama kommt doch auch, oder?«

Papa lacht. »Natürlich, wenn sie bis dahin von ihrer Dienstreise zurück ist. Sie wird staunen, was dieser sperrige Staubfänger für ein Blütenwunder hervorbringen kann.«

Ich muss auch lachen, denn Mama hat unsere Königin tatsächlich einen »hässlichen, vertrockneten Staubfänger« genannt und sich stets über die Spinnweben und die langen gefährlichen Nadeln beschwert, weil man der Putzfrau nicht zumuten könnte, die abzustauben.

Papa hat wohl genau darauf anspielen wollen, denn er murmelt grade kopfschüttelnd: »Kakteen abstauben ... aberwitzig, absurd ...«

Es dauert dann doch noch ein paar Tage bis zur Blüte. Am Mittwoch ist Mama wieder zurück und schwärmt von einer traumhaften Dünenlandschaft auf dem Darß, wo die Bäume so schief wachsen, dass es auf den Fotos aussieht, als ob ein scharfer, eisiger Wind weht und der Schaum auf den Wellen in der Brandungszone im Gegenlicht fast wie Schnee wirkt.

»Eine wunderbar kühle Anmutung«, schwärmt Mama, »ganz ideal, um die Wintermode zu inszenieren.«

Wow. Mich würde allerdings mehr als Mamas Fach-Chinesisch interessieren, mit welchen Models das denn nun geschehen soll.

»Habt ihr endlich eine Entscheidung getroffen?«

»Ja, haben wir. Gleich nach Düsseldorf. Hab ich dir das noch nicht gesagt?«

Oh Mann, ist die mal wieder im Stress. So was kann sie doch nicht einfach vergessen, wo ich sie fast jeden Tag damit löchere.

»Ja und – wer ist es? Sind die Chicks dabei?« Ich bin so aufgeregt, als hätte ich mich selbst beworben.

Mama zögert. »Bist du enttäuscht, wenn sie nicht dabei sind?«

Enttäuscht? Ich wäre total blamiert! Das wäre eine Katastrophe!

»Du hast den Mädchen doch nichts versprochen, oder?«

»Nein, natürlich nicht, aber sie hoffen doch trotzdem, dass ihr sie nehmt.« Meine Stimme wackelt nun vor innerer Anspannung und ich halte Mamas Hinhaltetaktik nicht mehr aus.

»Nun sag schon, sonst krieg ich einen Herzkasper!«

Mama geht an den Kühlschrank und gießt sich einen Saft ein, dann nimmt sie auf der Couch im Wohnzimmer Platz und bittet mich, mich zu ihr zu setzen. OMG, macht die es aber spannend. Wenn sie jetzt sagt: »Angeschmiert, wir shooten mit Profimodels«, breche ich zusammen.

Sagt sie aber nicht.

»Unserer Redaktion hat besonders Ramona gefallen und …«

»… und … wer noch?«

Mama stockt. »Und sie kriegt den Job, wollte ich sagen.«

»Keiner sonst?«

»Doch, ein Profimodel. Wir denken, die beiden ergänzen sich wunderbar.«

Also sind Viola und Juliette raus. Wie blöd, dass sie ausgerechnet Ramona genommen haben. Wie bringe ich denn das nun den beiden anderen schonend bei?

Mama zuckt mit den Schultern. »Das ist das Business, Lotte. Wir mussten entscheiden, welches Model am besten mit der neuen Kollektion harmoniert. Viola und Juliette passen vom Typ leider gar nicht.«

»Sag ihnen das mal.«

Sie lacht. »Keine Chance, das ist deine Aufgabe, da kommst du nun nicht drum herum.«

Frustriert gehe ich in mein Zimmer und rufe Hanna an.

»Kann ich mal rüberkommen? Hab neue Nachrichten.«

»Von Céline?«

»Nee, es gibt auch noch eine Welt außerhalb ihres Universums. Von *Power Girls*, wegen der Fotostrecke. Bin gleich da.«

Ich hänge sie ab und nehme die Abkürzung durch den Garten. Hanna kommt mir schon entgegen.

»Sag nur, sie haben Viola genommen?!«

»Nicht ganz so schlimm, Ramona.«

»Die ist auf jeden Fall die Hübscheste von denen.«

»Ja, finde ich auch, aber sag das mal Viola und Juliette.«

»Nicht einfach.«

»Den Reiterhof können wir knicken, wenn Juliette das erfährt.«

»Nicht schlimm, ich mach mir eh nichts aus Pferden. Die sind mir irgendwie zu groß. Ich mag lieber kleinere Tiere.«

»Ratten?«

»Igitt! Was hast du denn wieder für eine Fantasie?« Hanna schüttelt den Kopf. »Meerschweinchen oder Hunde wie deine Polly ...«

Ich werfe mich in den Strandkorb, der bei Hanna im Garten steht. Weil er Platz für zwei bietet, stellt sie die Fußstütze hoch und setzt sich zu mir. Polly springt zwischen uns. Sie ist schon voll der GIRLS-Club-Hund und liebt meine Freundinnen.

»Was mache ich denn jetzt bloß? Viola flippt aus, wenn sie hört, dass Ramona genommen wurde und sie nicht.«

»In Ramonas Haut möchte ich auch nicht stecken.«

Ich nicke und habe noch genau die Worte im Ohr, mit denen Viola verhindern wollte, dass sich Ramona auch bewirbt.

»Viola wusste schon, warum sie Ramona als Konkurrentin ausschalten wollte. Blöd ist sie ja nicht«, hat Hanna wohl das Gleiche gedacht.

»Die wird mich in der Luft zerreißen.«

»Ach Quatsch! Wir sind ja auch noch da und unterstützen dich.«

Ich grinse sarkastisch. »Klar, voll die Bodyguards und Polly geht als Bluthund!!«

Okay, beides hätte ich am nächsten Morgen in der Schule wirklich gebrauchen können. Denn Viola rastet tatsächlich aus.

Sie redet von »Schiebung« und »Betrug«, nennt ihre angeblich beste Freundin Ramona »langweilig« und »viel zu fett« und unterstellt mir schließlich, ich hätte meine Mutter gegen sie beeinflusst.

»Spinnst du? Die ganze Redaktion hat entschieden, wie soll ich denn die beeinflussen?«

»Hätte ich gewusst, wie intrigant du bist, hätte ich dich nie zu meiner Geburtstagsparty eingeladen!«

»Da hätte ich nicht viel verpasst!«

»Ach, das sagst du jetzt, vorher hast du dich darum gerissen …«

»Nun mach aber mal einen Punkt!«
»Du bist das Letzte!«
»Und du das Allerletzte!«
»Pöbel hier nicht so rum, Viola«, sagt plötzlich eine Jungenstimme neben mir. Es ist Robroy, der nun ganz offensichtlich als Klassensprecher versuchen will, den Streit zu schlichten.
»Lotte hat dich doch vorgeschlagen, also gib Ruhe. Für die Entscheidung kann sie schließlich nix.«
Nun quetscht auch Marcel noch seinen Senf aus der Tube.
»Alles kann man halt nicht kaufen, Violinchen, auch nicht wenn man 'ne Villa mit Pool hat.«
Stimmt, da hat er ausnahmsweise einmal einen lichten Moment.
Viola geht allerdings erneut hoch. »Püh! Mein Vater kauft dieses ganze blöde *Power Girls*-Magazin auf und dann schmeißt er Lottes Mutter raus.«
»Aber das geht nicht«, rufen einige Mädchen, »sie ist die beste Kummerkastentante und Lebensberaterin im Universum.«
»Tja, dann kann sie sich ja selbst beraten oder euch 'ne Privataudienz geben.«
Nun reicht es Rob aber endgültig.
»Hör jetzt auf, Viola, du machst dir mit so einer Zickerei wirklich keine Freunde.«
»Püh! Mir doch egal, ich habe genug, im Gegensatz zu einigen anderen hier!« Und ihr Blick geht zu Céline hinüber, die erstaunlich unbeteiligt auf ihrem Tisch hockt und die Beine baumeln lässt.
Nun allerdings, wo sie direkt angesprochen wird, kommt

Leben in sie. Sie gleitet geschmeidig vom Tisch und geht auf Viola zu.

»Redest du über mich?«, fragt sie mit dieser kalten Arroganz, die ich schon an ihr kennengelernt habe.

Viola verblüfft sie damit jedoch und sie rudert instinktiv zurück, kann sich aber eine hämische Bemerkung nicht ganz verkneifen.

»Na ja, stimmt doch, oder glaubst du, *ein* Mensch aus der Klasse möchte mit dir befreundet sein?«

Sie schaut sich triumphierend um. So hat sie zumindest geschickt von ihrer Niederlage beim Shooting abgelenkt und die Loser-Karte Céline zugeschoben.

Die steht jetzt total als Außenseiterin da und das tut mir nun doch leid und so sage ich spontan: »Da bist du nicht gut informiert, Viola«, und stelle mich neben Céline. »Céline hat mehr Freunde in der Klasse, als du dir träumen lässt.«

Sofort folgen Stine und Hanna meinem Beispiel und treten ebenfalls zu Céline und auch Robroy gibt sich einen Ruck und unterstützt uns. Ihm folgen natürlich alle Skater und Breakdancer. Céline weiß gar nicht, wie ihr geschieht, und während Viola vor Wut grünlich anläuft, wird sie vor Aufregung ganz blass unter ihrer braunen Haut. Na endlich mal eine echte Emotion, denke ich und freue mich wirklich, dass ich offenbar ein bisschen an ihrer Fassade kratzen konnte.

Wir warten grade auf den nächsten Koller von Viola, als plötzlich Zwiefalten in die Klasse tritt. »Was ist hier los?«, donnert er sofort. »Stiftet Céline schon wieder Unruhe?«

Hm, so würde ich das nicht bezeichnen wollen, der Ärger ging ja eindeutig von Viola aus.

»Robert, berichte!«, fordert er Robroy in seiner Funktion als Klassensprecher auf.

»Wir haben nur die Frage klären wollen, wie viele Freunde Céline inzwischen in der Klasse gefunden hat. Da gab es unterschiedliche Meinungen.«

Stine lacht. »Das Ergebnis steht vor Ihnen.«

Herr Bergmann starrt die Schüler an, die hinter Céline stehen, und kratzt sich am Kopf.

»Äh, ja«, murmelt er und hüstelt, »das … äh … ist ja ganz ordentlich … äh … bisher hatten wir eher den Eindruck, dass sie … äh … nicht … integriert ist …«

Stine und ich schauen uns an. Was will er denn damit sagen? Rob ist mutig genug nachzufragen.

»Nun ja, wir hatten eine Klassenkonferenz, da stellte sich das allerdings anders dar …«, brummelt Zwiefalten undeutlich in seinen nicht vorhandenen Bart.

»Dann hat es sich eben falsch dargestellt«, unterstütze ich Rob nun und Stine ergänzt: »Man muss ja einer neuen Mitschülerin auch ein bisschen Zeit zum Eingewöhnen lassen, nicht wahr?«

Was immer auf der Klassenkonferenz über Céline entschieden worden ist, in diesem Moment ist es Schnee von gestern. Und als Zwiefalten sichtlich irritiert fragt: »Ihr kommt also miteinander zurecht?«, da nicken zumindest alle, die hinter Céline stehen. Ich grinse, denn es ist eine deutliche Demonstration der Solidarität mit ihr und Viola hat sich ein echtes Eigentor geschossen.

Zwiefalten schickt uns nun alle wieder auf unsere Plätze und steigt in die Mathestunde ein. Nach der Stunde bestellt er

Céline zu sich. Ich kann nicht hören, was die beiden besprechen, weil wir in die große Pause rausmüssen.

Als ich noch rasch vor der nächsten Stunde auf das Mädchenklo gehe, steht Céline dort im Waschraum und hat rote Augen.

»Hast du geheult?«
»Wonach sieht es denn aus?«
»Und warum? Ist doch alles gut gelaufen?«
»Ach ja? Die Klassenkonferenz hat beschlossen, mich endlich von der Schule zu verweisen, und ihr mit eurer schwachsinnigen Solidaritätsaktion habt alles wieder kaputt gemacht, weil Zwiefalten jetzt den Antrag bei der Direx gar nicht mehr einreichen will.«

Ich lasse Wasser in meine Hände laufen und platsche es mir ins Gesicht, um nicht in einen hysterischen Schreikrampf auszubrechen. Diesem Mädchen kann man aber auch gar nichts recht machen! Was immer ich für sie tue – ich liege hundertprozentig daneben.

Reina de la Noche oder die Königin der Nacht und ihre Prinzessinnen

Es ist die Nacht der blühenden Kakteen, die von jeher in Elysium den Ruf einer magischen Nacht hat, als Eron und ich endlich den Pegasus finden.

Die Hexe hat ihn in schwere eiserne Ketten gelegt, aber mit der Kraft einer reinen, weißen Nachtblüte gelingt es uns, diese zu brechen. Pegasus ist frei!

Wir schwingen uns auf den Rücken des dankbaren Flügelpferdes und es trägt uns mit einem jubelnden Wiehern hoch hinauf zu den Wolken. Als es sich ausgetobt hat, lenkt Eron es sachte in Richtung Finsterwald, dorthin, wo der Turm der Hexe aufragt und wo Prinzessin Agneta verzweifelt auf dem Balkon ihrer Rettung entgegenfiebert ...

Am Freitag ist es endlich so weit, die Nachtblüte steht unmittelbar bevor.

»Die Knospen sind so prall, dass sie garantiert heute platzen.«

Papa ruft mich noch vor der Schule bei Mama an, um mir das zu sagen. »Du kannst also die Einladungen verteilen. Kommst du dann gleich nach der Schule zu mir? Ohne dich schaffe ich die Vorbereitungen nämlich nicht. Du weißt, ich bin kein Party-Typ – bei den Häppchen musst du schon die Regie übernehmen.«

Ich lache, verspreche das natürlich und freue mich erst mal weg. »Mama, Papa meint, heute blüht die Reina de la Noche. Du kommst doch auch, oder?«

Obwohl meine Mutter weder eine Freundin der alten Villa noch der Gewächshäuser ist, sagt sie tatsächlich zu.

»Soll ich den Fotografen mitbringen? Er freut sich sicherlich, ein paar Fotos zu machen und für die Wochenendausgabe der Zeitung darüber zu berichten. Ist doch auch für Papas Gärtnerei ein bisschen Werbung.«

Sagte ich schon, dass meine Mama sehr geschäftstüchtig ist? Aber ich kann mir nicht vorstellen, dass Papa etwas dagegen hat, und nicke.

»Wie haben Viola und Juliette eigentlich die Entscheidung unserer Redaktion aufgenommen?«

»Nicht gut«, antworte ich nur knapp. Um das ganze Drama zu erzählen, reicht die Zeit nicht mehr.

Ich springe rasch noch mal in mein Zimmer rauf und hole die Einladungen, dann hauche ich Mama ein Küsschen auf die Wange und düse mit dem Fahrrad los. Als ich bei Hanna vorbeikomme, steht sie schon am Gartentor und schließt sich mir an.

»Die Königin der Nacht blüht heute, meint mein Dad, kannst du mit deinen Eltern kommen?«

»Klar, haben wir uns ja schon vorgemerkt!«, ruft sie mir zu.

»Passt gut, weil wir freitags sowieso immer einen Babysitter haben. Meine Eltern unternehmen da nämlich gern mal was zusammen. Das tut der Ehe gut, meint mein Vater.«

Tja, denke ich, das hätte der Ehe meiner Eltern sicher auch gutgetan, aber Papa hat ja immer in seiner Gärtnerei herumgewerkelt. Egal, er hat schließlich auch viel geschafft und heute kann er sich ja nach der Party mal ein bisschen Zeit für Mama nehmen. Vielleicht gelingt es mir sogar, sie dazu zu bewegen, sich die Fortschritte in der Villa anzusehen. Wäre doch gelacht, wenn ich die beiden nicht wieder zusammenbringen könnte!

In der Schule verteile ich die Einladungen an meine Freunde und ein paar nette Lehrkräfte. Auch unserem Biolehrer Herrn Nachtigall gebe ich ein Kärtchen, über das er sich richtig zu freuen scheint.

»Hier«, sage ich und knalle Céline ziemlich muffig auch eine Einladung auf ihren Platz. »Kannst kommen oder es bleiben lassen.«

Sie guckt kurz den Kaktus auf dem Foto an und steckt die Karte dann kommentarlos in ihren Lederbeutel. Ich habe keine Lust, mir weiter von ihr die Laune verderben zu lassen. Soll sie doch machen, was sie will. Sie ist mir im Moment wirklich wumpe, denn ich habe Wichtigeres zu tun. Schließlich muss ich mich mal wieder um mein eigenes Herzensprojekt kümmern. Der heutige Abend ist doch eine wunderbar romantische Gelegenheit, meine Eltern wieder zusammenzubringen und ich habe auch schon einen Plan.

Als ich mittags bei Papa anlande, hat er bereits fleißig meine Einkaufsliste abgearbeitet und die Tüten vom Supermarkt stapeln sich auf dem Küchentisch.

»Und wo sollen wir jetzt essen?«, frage ich. »Im Stehen aus der Hand, wie an der Würstchenbude?«

Er tut geheimnisvoll, nimmt die Haltung eines Kellners an und weist auf den kleinen Wintergartenanbau: »Wenn ich bitten dürfte?«

Er darf, denn ich sehe durch die Scheibe der geschlossenen Tür bereits die Pizza auf dem weißen Gartentisch stehen.

»Ich dachte, wo wir heute etwas eilig sind, könnte es mal wieder etwas Teuflisches sein.«

»Meine Lieblingspizza kann ich jeden Tag essen. Gute Idee, dann haben wir mehr Zeit für die Partyvorbereitung.«

Wir futtern vergnügt unsere Pizzas und ich erkläre meinem Vater, was wir für Häppchen machen wollen.

»Ich habe auch noch Datteln im Speckmantel und Chorizo mitgebracht«, sagt er. »Schließlich ist unsere Königin ja Spanierin und da passen ein paar traditionelle Tapas sicherlich gut.«

Das tun sie und ich liebe Datteln mit Speck!

Wir stehen zwei Stunden in der Küche, aber dann sind die Tabletts voll und im Kühlschrank untergebracht. Die Getränke stehen im Keller, der ist nie wärmer als sechs Grad und das ist eine gute Trinktemperatur, meint Papa.

Gegen 18 Uhr werden wir langsam nervös, denn die Blüten zeigen nicht die kleinste Veränderung.

»Bist du sicher, dass es auch wirklich heute passiert?«, will ich wissen. Dass sie sich nicht mal ein kleines bisschen öffnen, beunruhigt mich nun doch. Wäre ja blöd, wenn unsere Freunde alle vergebens kämen!

»Na, dann machen wir eine ›Nicht-blüh-Party‹«, sagt Papa und singt das Lied von der Nicht-Geburtstagsfeier des verrückten Hutmachers aus *Alice im Wunderland*.

»Wir feiern heut die Nicht-blüh-Party, das ist wunderbar, wir feiern heut Nicht-blüh-Party, hurra!« Scherzkeks.

Und sie blüht doch!

Wir haben ein wunderschönes Fest mit unseren Gästen, und nachdem sich alle das Gewächshaus angesehen und mit Häppchen für das Ereignis gestärkt haben, meldet Papa, dass Bewegung in die Knospen kommt. Von außen werden sie von länglichen, hellgrünen Blättern fest zusammengehalten, die sehr schmal, aber auch sehr fleischig sind und so einen guten Schutz für die zarten Blütenblätter bilden.

Papa dimmt das Licht und alles drängt sich im Kakteenhaus. Mir klopft das Herz bis zum Hals, denn es ist wirklich total spannend. Stine und Hanna sind gekommen und stehen bei ihren Eltern. Ich lehne an Mama, die ihren Arm um mich gelegt hat. Auch Rob ist mit seiner Mutter da, und sogar Frau Weisgerber und Herr Nachtigall wollen das Event nicht verpassen. Nur Céline lässt sich nicht blicken. Na ja, muss sie selber wissen.

Und dann öffnet sich tatsächlich unter vielen »Ahhhs« und »Ohhhhs« die erste Knospe. Die Schutzblätter platzen auf und sinken herab, um dann wie ein Strahlenkranz die mächtige weiße Blüte zu umgeben.

Plötzlich sehe ich die Tür einen Spalt aufgehen und ein dunkler Schatten huscht herein. An den Haaren und dem Rock erkenne ich sofort Céline. Die kommt mir grade recht.

»Ich bin gleich wieder da«, flüstere ich Mama zu und schiebe sie zu Papa rüber. »Ich muss mich mal eben kurz um Céline kümmern.«

Ich grinse, denn das passt ganz prima in meinen »Eltern-Wiedervereinigungs-Plan«. Schmunzelnd zwinkert mir Oma Petersen zu, die weise genug ist, um mich zu durchschauen: Gelegenheit macht hoffentlich auch bei meinen Eltern heute mal wieder Liebe!

Céline steht noch immer an der Tür wie bestellt und nicht abgeholt.

»Komm mit«, sage ich und greife einfach nach ihrer Hand. »Hier siehst du ja nichts.«

Ich ziehe sie an den Leuten vorbei hinter den Kaktus. Auch hier haben sich zwei dicke Knospen gebildet, die sich nun zu beeindruckend großen und strahlend weißen Blüten öffnen. Eine Vielzahl zarter Blätter umschließt den Blütenkelch mit zartgrünem Stempel und hellgelben Staubgefäßen.

Ich versuche für mich meinen Eindruck in Worte zu fassen, versage aber, denn eigentlich kann man so etwas Schönes kaum beschreiben. Entsprechend andächtiges Schweigen herrscht nun auch unter den Gästen. Selbst Céline ist sichtlich beeindruckt, dass wir hier so eine wunderbare Pflanze haben.

»Sie, sie ist so rein«, wispert sie, »so unschuldig … so großartig … wie der Dschungel … auch dort gibt es solche Blüten, die nur eine einzige Nacht blühen. Die Indianer feiern für sie ebenfalls ein Fest … ich, ich wusste nicht, dass man das in Deutschland auch macht.«

Ich muss lächeln. »Na ja, *wir* machen es. Das heißt nicht, dass man es in ganz Deutschland macht. Ich glaube, so viele Reinas de la Noche gibt es bei uns gar nicht. Es ist ein Hobby meines Vaters«, sage ich und kann mir nicht verkneifen hinzuzufügen, »so wie du Schrumpfköpfe sammelst.«

Sie versteht die Anspielung und gesteht leise: »Sie sind nicht echt, nur symbolisch. Bei einigen Stämmen im Amazonasbecken glaubte man, dass die Kraft des besiegten Feindes auf einen übergeht, wenn man seinen Schrumpfkopf am Gürtel trägt. Er ist so eine Art Glücksbringer.«

»Komische Sitte«, sage ich leise. »Ich finde es besser, mich mit lebenden Freundinnen zusammenzutun, wenn ich mehr Kraft und Stärke brauche, als mir verschrumpelte Köpfe toter Typen an die Jeans zu hängen. Unser GIRLS-Club ist doch tausendmal besser, wenn man Hilfe braucht. Auf Freundinnen kann man sich nämlich wirklich verlassen, auf Glücksbringer doch eher nicht. Kannst ja auch mal zu einem Treffen kommen. Aber ohne Schrumpfköpfe, sonst flippt Hanna aus.«

Die ersten Gäste verabschieden sich nun, anderen zeigt Papa das Tropenhaus. Natürlich möchte Céline das auch sehen und so mache ich für sie eine Extraführung, als Papa mit dem letzten Gästeschwung durch ist und mit ihnen im Wintergarten noch ein letztes Häppchen und einen Abschiedsschluck zu sich nimmt. Ich sehe, wie Mama sich mit einer Umarmung von dem Fotografen verabschiedet.

»Bis morgen«, sagt sie, was mich ein wenig wundert, dann aber geht sie auch noch in den Wintergarten zu Papa. Prima, scheint sich ja alles bestens zu entwickeln, da könnte mein Plan direkt aufgehen. Ihr muss doch auffallen, wie romantisch der Wintergarten im Kerzenlicht ist und wie ordentlich die Küche aussieht. Da kann Papa bestimmt bei ihr punkten.

Unser Tropenhaus verschlägt Céline nun wirklich endgültig die Sprache. Schweigend begeben wir uns auf den kleinen

Rundgang in der feuchten Schwüle, die ihr nicht das Geringste auszumachen scheint. Als ich sie deswegen anspreche, schüttelt sie den Kopf und die Perlen in ihren Zöpfen schlagen klackernd zusammen. Es klingt, als hätte man eine Handvoll Murmeln auf den Boden geworfen.

»Ich habe fast mein ganzes Leben im Dschungel verbracht. Ecuador hat eine Menge davon, denn es liegt auf dem Äquator und das Klima ist meistens schwül und die Tropenschauer sorgen für eine hohe Luftfeuchtigkeit. Ich bin daran gewöhnt und nur so kann der Regenwald entstehen. Amazonien ist ein Paradies für die dort lebenden Menschen, Tiere und Pflanzen.«

»Ich habe von dem Projekt deiner Eltern, äh, im Internet gelesen«, sage ich, weil ich ja nicht unbedingt noch mal den Brief erwähnen muss. »Sind diese Ölbohrungen wirklich so gefährlich?«

»Hast du auch die Bilder angesehen, die mein Vater gemacht hat?«

Ich nicke. »Das sah schon gruselig aus.«

»Das ist es, denn das Öl wird alles dort zerstören, wenn wir den Kampf gegen die Ölfirmen verlieren.«

Ich schlucke. »Keine Rettung?«

»Doch, vielleicht. Wenn man das Gebiet der Indianer deutlich sichtbar abgrenzt, damit die Ölsucher nicht mehr einfach eindringen und so tun können, als hätten sie nichts von einer Grenze gewusst. Die Indianer von Yarasacu und meine Eltern haben angefangen, Geld für blühende Bäume zu sammeln, die sie um das gesamte Schutzgebiet herum pflanzen wollen.«

Célines Stimme hat sich verändert, sie spricht jetzt engagiert und mit Begeisterung und ich merke, wie sehr ihr die Sache der Indianer am Herzen liegt.

»Das stelle ich mir toll vor, das ganze Land der Indianer von blühenden Bäumen eingefasst. Das ist eine lebendige Grenze, die doch jeder respektieren müsste.«

Céline schaut mich erstaunt an und sagt dann: »Die Indianer nennen sie deswegen auch *Lebensgrenze,* aber sie kostet viel Geld, deswegen kommen Rudolfo und Constancia ja auch nach Deutschland und wollen Paten für diese Bäume werben. Das ist für ihr Volk und den Regenwald in dieser Region überlebenswichtig.«

Ich höre ein Geräusch an der Tür.

»Lotte, Lotte? Bist du hier?« Es ist meine Mama. »Ich möchte jetzt fahren. Kommst du?«

»Ja, bin gleich da.« Ich gehe mit Céline zum Ausgang. Ganz plötzlich schweigt sie wieder und zieht sich erneut in ihr Schneckenhaus zurück. Heavens, ist das Mädchen schwierig!

Meine Mutter steht vor dem Tropenhaus im Gespräch mit Hannas Mutter. Sie sind ja Nachbarn und kennen sich gut.

»Komm, Lotte«, sagt sie, »ich muss morgen schon früh nach Prerow fahren, wir haben an diesem Wochenende das Shooting auf dem Darß.«

»Das höre ich zum ersten Mal«, sage ich und bin ein bisschen angefressen, weil ich gedacht habe, wir würden uns mal ein gemütliches Wochenende machen, vielleicht sogar bei Papa … hm …

Jetzt soll ich also allein zu Hause rumhocken? Ich bin sauer, denn aus meinem Plan wird ja dann auch nichts. Ich hatte eigentlich gehofft, wir würden uns jetzt noch zu dritt gemütlich ins Wohnzimmer der Villa setzen … und mein Papa würde meiner Mama anbieten zu bleiben … im Gästezimmer oder so …

Als ich die Möglichkeit kurz andeute, lehnt Mama jedoch sofort ab.

»Wirklich, Lotte, das geht nicht, ich muss noch einiges zu Hause vorbereiten. Ich komme ja erst am Sonntagabend wieder. Aber wenn du möchtest, kannst du natürlich bei Papa bleiben.«

Ach, wie großzügig, denke ich muffig, darf der mal wieder Babysitter spielen! Aber natürlich nehme ich das Angebot an.

Mit einer so hektischen Mutter ist heute doch sowieso nichts mehr anzufangen. Da bleibe ich lieber bei Papa und schaue morgen früh noch zu, wie die Königin der Nacht ihre Blüten wieder schließt. Tja, war wohl nix mit familiärer Wiedervereinigung. Mama ist wirklich ein schwieriger Fall, wenn nicht mal die Reina de la Noche ihr Herz erweicht. Das habe ich mir wirklich anders vorgestellt.

Alle Gäste sind nun gegangen, auch Céline ist ohne ein Wort verschwunden. Ich befürchte, ich werde sie niemals knacken, sie ist entweder zu verbiestert oder sie lebt wirklich in einer ganz eigenen Welt, zu der ich einfach keinen Zugang kriege. Wirklich schade, dabei dachte ich, wir wären uns wenigstens heute ein kleines Stückchen näher gekommen. Ich erzähle Papa von dem Projekt ihrer Eltern und er meint, dass diese Ölsuche wirklich eine Pest ist. »Ganze Regionen werden verseucht und funktionierende Ökosysteme zerstört.« Er findet darum die Arbeit von Célines Eltern sehr wichtig und meint:

»Diese *Lebensgrenze* aus blühenden Bäumen sollten wir wirklich unterstützen.«

Ich liebe meinen Vater für diese Worte und begleite ihn ins Tropenhaus, wo er noch das Licht ausmachen muss.

Als er an den Schalterkasten tritt, nehme ich an der Bananenstaude eine Bewegung wahr. Ein bunter Rock, der mir sehr bekannt vorkommt, verschwindet hinter den großen Blättern. Wenn das mal nicht Céline ist. Aber was will sie hier, doch nicht etwa im Tropenhaus übernachten? Zutrauen würde ich es ihr.

»Papa«, reagiere ich trotz meiner Verwirrung jedoch schnell, »kannst du das Licht noch ein bisschen anlassen?«

Er schaut mich fragend an, aber wie so oft belässt er es dabei und verzichtet auf eine Erklärung.

»Ja, sicher, dann mache ich meine Runde heute einfach andersherum. Ist es dir recht, wenn ich in einer Viertelstunde wieder hier bin?«

Ich nicke dankbar, weil er mir so vertraut und nicht jede Bitte von mir erst stundenlang hinterfragt und diskutiert. Da ist Mama leider anders. Ohne Begründung tut die nix.

Ich schließe hinter Papa die Tür und gehe im Dämmerlicht dann zielstrebig auf die Bank an der Bananenstaude zu. Dort setze ich mich einfach hin. Céline soll nicht denken, dass ich ihr hinterherlaufe. Wenn sie es sich hier gemütlich machen und vom Regenwald träumen will, meinetwegen, aber dann soll sie jetzt auch den Mumm in den Knochen haben, sich zu mir zu setzen und das mit mir zu besprechen.

Fünf Minuten vergehen und nichts passiert. Sollte ich mich geirrt haben? Aber ich leide doch nicht an Halluzinationen!

Das war ganz eindeutig Célines Rock. Weil ich nur noch zehn Minuten bis zu Papas Rückkehr habe, muss ich nun doch handeln. Ich stehe also auf und lasse meinen Blick über die Umgebung streifen.

»Geht's noch?!«, entfährt es mir entsetzt, als ich in meinem Rücken eine Bewegung spüre und Céline plötzlich hinter der Bank steht. »Hast du mich erschreckt!«

Ich tue so, als hätte ich sie vorher noch nicht bemerkt. »Wo kommst du überhaupt her? Ich dachte, du wärst mit den anderen Gästen nach Hause gegangen.«

Die Antwort fällt ihr schwer, denn natürlich ist es nicht okay, sich einfach in fremde Gewächshäuser einzuschleichen. Ebenso wenig wie in fremde Briefe, denke ich. Da wären wir ja beinahe quitt.

Sie rührt sich nicht, steht da mit hängenden Schultern, wirren Haaren und sieht ein wenig zum Fürchten aus. Doch nun sehe ich, dass sie geweint hat.

»Warum heulst du eigentlich jede Nacht?«, frage ich sie spontan und völlig aus dem Bauch heraus.

»Wer behauptet das?«

»Tut es was zur Sache? Es stimmt doch, oder?«

Sie schüttelt den Kopf, aber ich bin schließlich nicht blind und sehe die Tränen noch in ihren Augen schimmern.

»Denkst du an deine Eltern? An den Regenwald?«

Sie zuckt mit den Schultern, eine hilflos wirkende Geste, und plötzlich tut sie mir echt leid. Ich lasse mich wieder auf die Bank nieder und bitte sie, sich zu mir zu setzen. Zögernd folgt sie meiner Bitte und hockt sich ganz ans andere Ende. Sehe ich aus, als ob ich beiße?

»Komm, jetzt red doch endlich mal, sprich dich aus, das hilft fast immer«, versuche ich es noch mal mit Freundlichkeit.
»Warum willst du nicht, dass wir Freunde werden?«
»Ich hab schon Freunde.«
Klar, irgendwo im Urwald von Ecuador. Sicher denkt sie an die, und ich bin schon wieder sauer, weil sie genauso ablehnend reagiert wie immer. Es ist wirklich zum Mäusemelken, ich komme einfach nicht an sie ran. Dennoch, aufgeben geht gar nicht. Oder?
BLEIB DRAN!, signalisiert mein innerer Kompass. Also sage ich mühsam beherrscht mit gleichbleibender Freundlichkeit: »Kann ja sein ... äh, glaube ich dir. Aber Freunde kann man nie genug haben. Wenn du jetzt bei uns lebst, brauchst du hier ebenfalls Freunde, nicht nur in Ecuador oder so ... Hast du doch in der Schule gesehen.«
»Ich will aber nicht ... hier leben. Ich will zurück.«
Sie klingt wieder wie ein bockiges Kind und ich frage mich, warum ich mich je vor ihr gefürchtet habe – nur wegen dieser albernen Schrumpfköpfe? Auch mein Zorn ist nun wie weggeblasen.
Ich fühle mich plötzlich stark, ja sogar stärker als sie in diesem Moment. So kann ich sogar den Mut aufbringen, näher zu ihr zu rutschen, meinen Arm um sie zu legen und ganz ruhig und voller Mitgefühl zu sagen: »Sieh mal, Céline, deine Eltern meinen es doch nur gut. Es ist einfach viel zu gefährlich in Yarasacu. Wenn Rudolfo und Constancia kommen, dann hilft es ihnen doch viel mehr, wenn du dich mit ihnen zusammen *hier* für eure Sache einsetzt. Und by the way: Wir können euch doch auch unterstützen! Hanna, Stine und ich haben überlegt,

ob wir nicht an der Schule einen Regenwaldtag organisieren sollen. Was kostet so ein Baum für diese Lebensgrenze? Die Idee gefällt bestimmt und sicherlich kriegen wir ein paar Euro zusammen.«

Jetzt endlich scheine ich ihr Herz erreicht zu haben, denn sie schaut mich zum ersten Mal offen an und ihr Blick spiegelt ihr Erstaunen über meine Worte.

»Meinst du das ernst?«, fragt sie.

»Ja natürlich, ich versteh gar nicht, warum du uns nicht sofort von der Not der Indianer erzählt hast. Selbst Viola würde doch für die spenden, wenn man ihr nicht grade ihre Geburtstagsparty deswegen versaut.«

»Das war blöd von mir, oder?«

Ich nicke. »Ja, war es, aber ich hab mir ja auch so einiges geleistet. Schwamm drüber.«

Papa rumort an der Tür.

Ich sehe Céline fragend an. »Kann er reinkommen?«

Sie wischt sich die Augen trocken und nickt.

»Oh, da ist ja noch ein später Gast«, sagt mein Vater, als er Céline erblickt, und lächelt. »Kannst du dich gar nicht von unserem kleinen Regenwald trennen?«

Sie lächelt zurück und das steht ihr unheimlich gut. Ohne ihre übliche Widerborstigkeit wirkt sie viel weicher, fast sogar hübsch.

»Ich würde aber nun trotzdem gerne das Licht ausmachen«, meint Papa. »Und auch Prinzessinnen der Nacht müssen irgendwann mal ins Bett.«

Céline nickt. »Dann gehe ich jetzt ins Internat zurück, sind ja nur ein paar Schritte.«

Mein Vater hat aber eine andere Idee. »Willst du nicht einfach hierbleiben? Lotte hat ein großes Zimmer, da ist Platz für zwei. Und morgen beim Frühstück unterhalten wir uns dann mal über das Projekt deiner Eltern, das interessiert mich nämlich sehr.«

Céline schüttelt zwar den Kopf, aber ich bin sofort Feuer und Flamme und will sie einfach nicht gehen lassen.

»Sonst kann ich dich aber auch eben rüberbringen«, sagt mein Vater, der ihre Zurückhaltung natürlich gespürt hat. »Es ist viel zu spät, um ein junges Mädchen wie dich allein auf den Heimweg zu schicken.«

Da ist er genau wie Robroy echt fürsorglich und ritterlich.

Aber so viele Umstände will Céline ihm nun offenbar nicht mehr machen, also gelingt es mir, sie mit in meine Butze zu schleifen.

Sie staunt nicht schlecht über meinen pompösen, exotischen Diwan, und als ich mich relaxt draufplumpsen lasse, hockt sie sich ebenfalls nieder. Sehr vorsichtig erst und nur auf den Rand, aber bald beginne ich mit den vielen Kissen eine kleine Kissenschlacht, und als ich rufe: »Wehr dich!«, bricht wohl plötzlich eine ziemlich dicke Betonmauer in ihrem Inneren zusammen und zerbröselt bei jedem Kissen, das zwischen uns hin und her fliegt, immer mehr. Als ich ein erstes Lachen von ihr höre, weiß ich, dass wir gewonnen haben, Papas Tropenhaus und ich.

Wir lümmeln noch ein bisschen bei einem Fruchtsaft herum, dann bauen wir das Bett und schlüpfen unter die Decken. Mit einem gehörigen Sicherheitsabstand, versteht sich. Der ist uns beiden wichtig ... man weiß ja nie, ob nicht jemand im Schlaf rabiat um sich schlägt. Und als ich das Licht lösche, fürchte ich mich doch etwas davor, dass sie im Dunkeln auch bei uns mit diesem unheimlichen Heulen und Jammern anfängt, von dem Robroys Kumpel berichtet hat.

Aber sie weint nicht mehr in dieser Nacht, sondern schläft total entspannt wie ein Zweifinger-Faultier in seiner Astgabel. Ihr Atem geht ruhig. Der Mond scheint in meinen Erker und streichelt mit seinem weißen Licht sanft ihr Gesicht, auf dem ein leichtes Lächeln liegt. Ich hoffe, sie hat einen schönen Traum.

Mitten in der Nacht wachen wir beide gleichzeitig mit einem kleinen Schrei auf. Verwirrt sitzen wir uns mit aufrechten Oberkörpern auf meinem großen Diwan gegenüber und starren einander orientierungslos im schwachen Mondlicht an. Céline will aus dem Bett springen, aber ich kann sie grade noch zurückhalten.

»Hattest du auch einen Albtraum?«, frage ich.

Zitternd legt sie sich zurück und schaut an die Zimmerdecke. »Ich weiß nicht«, sagt sie leise, »ich habe plötzlich keine Luft mehr bekommen, ich, ich, dachte, ich ersticke … Das habe ich fast jede Nacht … vielleicht, weil ich solche geschlossenen Räume nicht gewöhnt bin. Bei uns im Dschungel sind die Hütten ganz leicht gebaut … auf Stelzen, mit Dächern aus Blättern … ohne Fensterscheiben … luftig …«

»Soll ich das Fenster öffnen?«

Sie nickt und ich krabble näher zu ihr, um es zu entriegeln. Als ich es aufstoße und der Flügel nach außen schwingt, dringen sofort die Geräusche der Nacht herein: Wind, Blätterrauschen und der Ruf eines Nachtvogels, eines Käuzchens vielleicht …

»Besser so?«

Céline lächelt leicht. Ich kuschle mich zu ihr. So liegen wir nun dicht beieinander.

»Der Dschungel schweigt nie«, sagt sie leise und nachdenklich. »Aber besonders nachts erwacht er zum Leben. Er hat mir, solange ich denken kann, sein Schlaflied gesungen.«

Ich merke, dass ihr auch unsere sanften Nachgeräusche gut tun.

»Schlaf schön«, wispere ich.

»Du auch.«

Als ich am Morgen erwache, liegt ihr linker Arm auf meinem Oberkörper und ihr Kopf ganz nah an meinem Herzen.

Das Leben ist ein Abenteuer

Ich sitze auf dem Pegasus und wir fliegen über das Land Elysium. Unter mir liegt der Regenwald und ich sehe die Elysianer, wie sie viele Hundert Bäume pflanzen, um die Grenzen ihres Landes zu schützen. Wunderbäume, die sofort, wenn sie in der feuchten Erde stehen und die Sonne sie berührt, in die Höhe schießen und herrliche weiße Blüten entfalten, wie unsere Königin der Nacht ... Und wie ich darüber hinwegschwebe, denke ich: Was für ein glückliches Land ...

Die Idee, am Projekttag der Unterstufe einen Regenwaldtag zu veranstalten, stößt bei unseren Lehrern auf große Zustimmung, bei Zwiefalten allerdings eher nicht. Aber weil wir zuerst unseren Biolehrer Herrn Nachtigall und Frau Weisgerber eingeweiht haben, und die bei den Klassenlehrern der übrigen Klassen für das Projekt geworben haben, steht er auf verlorenem Posten.

Ausgerechnet in unserer Klasse gibt es vonseiten der Schüler aber ebenfalls Widerstand. Viola ist mal wieder kurz vorm Ausflippen. Erst erzählt Ramona stolz vom Shooting auf dem Darß und nun komme ich noch mit einem Regenwaldprojekt, das Célines »Indianerstamm« retten soll.

»Nee, nicht mit mir«, lehnt sie ihre Unterstützung ab. »Es geht mir wirklich nicht ums Geld, aber so wie Céline sich auf meiner Party aufgeführt hat, denke ich gar nicht daran, irgendetwas für sie zu tun.«

Na ja, ganz kann ich es ihr nicht verdenken, habe aber die Hoffnung, dass sie es sich noch überlegen wird. Die ganze Sache wird ja langfristig angelegt und erst stattfinden, wenn Rudolfo und Constancia in Deutschland sind und an unserer Schule persönlich erzählen können, warum sie unsere Hilfe für ihr Dorf brauchen.

Aber die Zeit vergeht wie im Flug und so beginnen die Vorbereitungen, schon eine Woche nachdem die Lehrerkonferenz den Regenwaldtag zum Projekttag der Unterstufe erklärt hat.

Nach langer Diskussion mit einem eher wenig engagierten Zwiefalten entscheiden wir uns für eine Charity-Aktion zugunsten der Indianer von Yarasacu, Célines »Heimat«.

Das Baumprojekt für die Lebensgrenze findet besonders viele Befürworter. In verschiedenen Arbeitsgruppen gibt es die Möglichkeit, Schautafeln für eine Ausstellung zu gestalten, kleine Referate über Land und Leute zu halten und im Kunstunterricht typische Kultgegenstände *g* selbst zu basteln oder den Regenwald und seine Tier- und Pflanzenwelt mit Acrylfarbe auf große Leinwände zu pinseln.

Eine andere Gruppe um Herrn Nachtigall und Lennard beschäftigt sich mit Entwicklungshilfe und dem Schutz des Waldes und der Tierwelt in Nationalparks und Naturreservaten.

Frau Weisgerber regt nach einem Gespräch mit Céline an, ein kleines Lexikon der Urwaldsprache zusammenzustellen, wozu Céline Material von ihrem Vater besorgen will, der ja seit einigen Jahren die Sprache der Kichwa-Indianer erforscht.

Ideen und Angebote sind so vielfältig, dass wir am liebsten überall mitgemacht hätten. Nur die Chicks scheinen auf gar nichts Bock zu haben und sind darum noch ohne AG.

»Mein Vater gibt mir einen Scheck«, meint Viola schnippisch, als ich sie darauf anspreche. »Das sollte wohl reichen, denn er ist sicher höher als das, was alle AGs zusammen einnehmen werden. Dafür muss ich nicht auch noch arbeiten.«

Das sieht Zwiefalten allerdings anders, sagt aber nur erstaunlich lässig: »Mach nur, wenn dir als Benotung deines Schecks eine Sechs auf dem Zeugnis ausreicht.«

Diesmal ist das Gelächter ganz auf seiner Seite und die Chicks tauchen schließlich bei uns auf und fragen, ob sie noch mitmachen können. Da weder sie noch wir wirklich Lust darauf haben, suche ich bei meinem Kompass eine Lösung.

Aber der ist scheinbar seit einigen Tagen im Ruhemodus, denn seine Nadel kreiselt im Schneckentempo nur immer wieder um die eigene Achse.

Hey, der kann sich doch noch nicht auf unserem Erfolg ausruhen?! Das Leben geht schließlich weiter. Los, komm deinen Pflichten nach und gib mal schön weiter die Richtung für Lotte vor!

Nix! Keine Reaktion. Nur dumpf-dämlich schlappes Vor-sich-hin-Kreiseln. Ob da ein technischer Defekt vorliegt? Dann müsste ich Niko, den Technikfreak, mal anrufen … Na gut, einen Versuch mache ich vorher noch und gehe dafür sogar vor die Klasse. Von wegen Magnetfeld oder so …

Diesmal stelle ich meine Fragen etwas genauer und nacheinander und mache es ihm ganz leicht: Sollen wir die Chicks aufnehmen?

Da uns gar nichts anderes übrig bleibt, zittert sich die Nadel langsam zu einem JA rüber.

Und was sollen die bei uns machen? EIGENES PROJEKT! Die Antwort ist eindeutig.

Nur leider fällt den Chicks dazu nichts Gescheites ein. Alles nur teures Schickimicki-Gedöns wie ein Orchideenstand oder eine Schlangenfarm.

»Geht's noch, Schlangen in der Schule?!«, empört sich Hanna.

»Hat jemand was von Schlangenschuhen gesagt?«, fragt Viola. »Todschick!«

Hm, die braucht jetzt wohl auch noch eine Hörhilfe, dass sie selten den Durchblick hat, bin ich von ihr ja schon gewöhnt.

Ich nicke resignierend und sage: »Genau, Schlangen in den Schuhen! Voll der Hype, am besten lebend!«

Als Mama am Abend das neue Heft von *Power Girls* mit den Bildern von Ramonas Fotoshooting mitbringt, kommt mir spontan ein Einfall. »Darf ich das Heft mit in die Schule nehmen?«, frage ich sie. Natürlich darf ich.

»Warum macht ihr drei nicht eine Modenschau?«, schlage ich also am nächsten Morgen in der Schule vor.

»Modenschau? Wohl wie im Paradies, nachdem Adam vom Baum der Erkenntnis gegessen hat, oder was? Feigenblätter-Bikini, Palmwedel-Röckchen und Schilf-Sandalen?!«

Alle, die Violas Bemerkung mitgehört haben, lachen. Es klingt ja auch witzig, ist aber Schwachsinn.

»Ich dachte an Klamotten aus fairem Handel«, unterbreche ich den Heiterkeitsausbruch meiner Klassenkameraden. »Aus natürlichen Materialien, für die weder die Umwelt zerstört noch die Arbeiter ausgebeutet werden.«

»Was für ein Quatsch«, geht Viola gleich in Opposition.

»Kein Quatsch«, sage ich und Ramona will mehr wissen.

»Ihr könntet eine Modenschau machen, bei der ihr die Sachen vorführt, und anschließend werden sie an einem Fair-Trade-Stand verkauft. Ihr müsst halt in der Stadt oder im Internet ein bisschen rumsuchen, wo ihr so was findet. Violas Eltern schießen euch doch sicher das Geld für den Einkauf der Outfits vor.«

Je länger ich rede, desto cooler finde ich die Idee und am Schluss gefällt sie mir selbst so gut, dass ich mich direkt ärgere, sie den Chicks verraten zu haben.

Die sind aber nun total heiß und entfalten sofort wilden Aktionismus. Aus der Nummer komme ich nicht mehr raus.

»Lotte, Darling«, schleimt Viola auch gleich, »das ist formidable. Wir werden Lagerfeld und Guido Maria Kretschmer glatt an die Wand laufen mit unseren Urwaldoutfits!«

»Mädels, ihr seid nicht die Bauchtanztruppe aus der Baströckchen-AG! Ihr sollt normale, tragbare Klamotten vorstellen, die man in ebenso normalen Geschäften kaufen kann, die aber unter fairen Bedingungen hergestellt und gehandelt werden und …«

»Ja, ja, hab ich kapiert«, fällt Viola Stine ins Wort. »Wir haben's gecheckt. Keine Shirts, in die Arbeiterinnen Hilfeschreie einnähen müssen, weil sie in irgendeiner uralten Fabrik in Indien mit ihren Nähmaschinen eingesperrt werden.«

Ramona hat es nun auch gerafft. »Das ist ja eine richtige Herausforderung, so wie bei *Shopping Queen*.«

Juliette lacht. »Besorgen Sie in einer Stunde ein schickes Outfit zum Thema *Fair Trade!* Wie abgefahren ist das denn?!«

Ich raufe mir innerlich die Haare, aber wie es scheint, finden die Hühner Gefallen an der Sache und haben nun endlich auch ein Projekt.

Als ich auf meinen Kompass schaue, ruht die Nadel auf einem nach oben gestreckten Daumen: GEFÄLLT MIR! Na bitte. Das wird.

Einige Wochen später ist es dann so weit und der Regenwaldtag kann wirklich starten.

Bevor es losgeht, klatsche ich mir mit Hanna, Stine und – okay, ja, tatsächlich – Céline die Hände ab. Wer hätte gedacht, dass wir mal ein so gutes Team abgeben würden?

Gestern Abend haben wir mit Céline Rudolfo und Constancia am Bahnhof abgeholt. Sie sind aus Berlin gekommen, wo sie schon kräftig für ihre Sache geworben haben. Papa hat sie zum Essen eingeladen und es war ein gemütlicher Abend mit zwei total netten Menschen, denen wir nun noch mehr wünschen, dass ihre Heimat gerettet werden kann.

Erst sind sie mir etwas unheimlich gewesen, weil sie ja echte Indianer sind, aber ihre Herzlichkeit war einfach überwältigend. Und ihre Not ist wirklich groß, da muss man einfach mithelfen. Ich bin so froh, dass wir sie durch unser Projekt unterstützen können und die ganze Unterstufe mitmacht.

Zur Eröffnung des Regenwaldtages bekommen die beiden in

der Aula, nach ein paar einführenden Worten unserer Direx, Gelegenheit mit einem Lichtbildvortrag ihren Stamm vorzustellen und von seinem Kampf gegen die Ölgesellschaften zu erzählen.

Sie bedanken sich dafür, dass sie bei uns sprechen dürfen und die Schule für sie einen ganzen Projekttag veranstaltet.

Natürlich führt Céline sie stolz herum.

Plötzlich scheint sie unsere Schule doch ganz okay zu finden. War ein hartes Stück Arbeit, aber es hat sich gelohnt, denke ich.

Ab Mittag gibt es dann einen Markt der Möglichkeiten, Ausstellungen, Fress- und Verkaufsstände und ein wechselndes Programm in der Aula.

Natürlich wollen wir die Modenschau der Chicks sehen.

Ramona hat offensichtlich als einziges Mädchen mit Modelerfahrung die Leitung übernommen, mit ihren Freundinnen ein kleines Laufstegtraining gemacht und eine richtige Choreo zu Urwaldmusik ausgearbeitet. Die drei machen ihre Sache wirklich gut. Jedes Mädchen präsentiert mehrere Outfits: sportlich, schultauglich und casual und ich muss sagen, alle sind wirklich gelungen und tragbar. Gut gemacht, ihr Hühner!

Auch bei uns und den anderen Gruppen läuft es fantastisch.

Gegen Abend ist es so brechend voll, dass wir mit unseren Spendendosen kaum noch durchkommen. Ich staune, wie freigiebig die Leute sind, und als wir am nächsten Tag die Spenden zählen, glauben wir es kaum, wie viel Geld zusammengekommen ist. Das werden viele, viele Bäume und ein großes Stück Damm gegen die Ölschlammflut.

Das Tollste aber ist, dass wir nicht nur Geld sammeln konnten, sondern auch viele Baumpaten gewonnen haben, die sich mit regelmäßigen Spenden weiter für die Indianer von Yarasacu engagieren wollen.

Als ich am späteren Abend noch mit Hanna, Stine und Céline in Papas Tropengewächshaus bei einem spontanen GIRLS-Treffen zusammensitze und wir kalte Limetten-Limonade trinken, sind wir zwar erschöpft, aber auch total glücklich.

»Na, was meinst du?«, frage ich Céline. »Könntest du dir nicht doch vorstellen, hier auch ein paar Freunde zu finden?«

»Ist das ein Angebot?«, fragt sie und lächelt dabei irgendwie verschmitzt.

»Wenn du es so sehen willst. Hanna und Stine wären bereit, dich eventuell bei den GIRLS aufzunehmen.«

»Und du?«

»Niemals!« Ich mache eine Kunstpause, in der sie mich fragend ansieht. »Es sei denn, du bestichst mich mit einem …«

»Einem was?«, fragt sie verunsichert.

»Na, was wohl, einem Schrumpfkopf natürlich – ich denke, die bringen Glück!«

Sie zuckt die Schultern. »Ich überlege es mir.«

Der Regenwaldtag ist vorbei und der Vorlesewettbewerb wirft seine Schatten voraus.

Ich hocke mit den GIRLS und Céline in der Schulbibliothek und wir suchen nach passenden Büchern. Wir wollen aus Abenteuerbüchern lesen, die vom Regenwald erzählen und von den großen Entdeckern, Forschern und Urwaldärzten wie Albert Schweitzer. Von Frauen und Männern, die mutig in die Welt hinausgegangen sind und ihre Kraft denen geschenkt haben, die schwächer waren als sie.

Es gibt erstaunlich viele Jugendbücher, die von diesen Helden und Heldinnen erzählen. Frau Weisgerber, die auch die Schulbibliothek verwaltet, gibt uns ein paar gute Tipps. Mit einem Schwung Bücher unter dem Arm pilgern wir dann zu Céline ins Internat, wo wir es uns in den Freistunden nun oft gemütlich machen.

Hanna hat ihre Ängste inzwischen auch im Griff und glaubt nicht mehr, dass Céline irgendwelche Geheimkontakte zu ominösen Naturvölkern in Amazonien unterhält, die ihr regelmäßig frische Schrumpfköpfe schicken.

Céline hat die übrigens aus dem Fenster genommen und in einer Kiste unter ihrem Bett verschwinden lassen. Das hat sie allerdings nur mir verraten, denn sonst würde sich Hanna da bestimmt nicht draufsetzen.

Am Fenster hängt nur noch der große Traumfänger mit den Herzen und abends zur Verdunklung die Fahne von Ecuador mit ihren drei Streifen in Gelb, Blau und Rot und dem mächtigen Andenkondor auf dem Staatswappen.

Als wir heute mit Apfeltaschen, Kakao und dem Bücherstapel ihre Butze stürmen, zeigt Céline uns zuerst eine Mail ihres Dads. Er hat Bilder von der Pflanzung unserer Bäume geschickt, die allerdings noch recht mickrig aussehen. Als ich das kritisch anmerke, lacht Céline.

»Keine Sorge«, sagt sie, »im Regenwald wächst alles unheimlich schnell«, und sie zeigt uns ein Bild von Bäumen, die vor zwei Jahren gepflanzt wurden und die inzwischen nicht nur eine ansehnliche Größe erreicht haben, sondern auch tatsächlich wunderschön blühen.«Das werden eure im nächsten Jahr auch schon tun.«

Als das neue Heft von *Power Girls* erscheint, breche ich in einen Lachkrampf aus. Da sind doch tatsächlich Viola und ihre Chicks bei der Fair-Trade-Modenschau abgebildet.
Mama ist ja wohl nicht zu retten! Aber im Grunde ist es nicht schlecht, sondern eine prima Werbung für unsere Sache. Außerdem sehen Viola, Ramona und Juliette eigentlich auch ganz okay aus – aber ausgerechnet die Schickimicki-Tussis in Fair-Trade-Klamotten, das ist eigentlich ein Witz.
Das findet Marcel wohl auch, denn er hat mir über die Schulter geschaut, als ich die Bilder den GIRLS gezeigt habe, und hat das Heft in einem unbeobachteten Moment stibitzt. Grade wedelt er damit in der Luft herum und brüllt:»Hey Viola, biste jetzt Model für Jutekleider? Wie viele Einkaufsbeutel haste dafür denn vernäht? Ist dein Lippenstift aus dem Blut von diesen kleinen roten Läusen ... wird euch davon nicht nachhaltig schlecht?«
OMG, ist der Junge bescheuert!
Ich erwarte, dass Viola jeden Moment ausflippt, aber erstaunlicherweise beherrscht sie sich und sagt nur kühl:»Ach, Marcel, wenn man so eine Matschbirne wie du als Kopf hat, sollte man das Denken ganz einstellen. Du wirst nie den Durchblick kriegen.«
Ich muss unwillkürlich grinsen, weil sie in diesem Fall wirklich mal ins Schwarze getroffen hat.
Unter Androhung lebenslanger Feindschaft verlange ich das

Heft von Marcel zurück und schenke es Viola. Als die Hühner ihre Köpfe über den Artikel vom Regenwaldtag beugen, bleibt der erwartete Aufschrei aus. Offenbar sind sie nach wie vor der Meinung, das *Beste aus ihrem Typ* und die Fair-Trade-Modenschau zu einem Erfolg gemacht zu haben. Und so ist es ja auch. Alle Teile sind verkauft worden und unser Dritte-Welt-Laden erlebt einen echten Hype.

Interessanterweise kopieren neuerdings immer mehr Mitschülerinnen Célines Styling und Klamottenstil. Die Batik-Shirts und die Perlenzöpfchen machen die Schule irgendwie bunter. Mama überlegt deshalb schon, ob sie nicht in *Power Girls* mal darüber berichten sollte. Allerdings würde Céline dafür nicht als Model zur Verfügung stehen, obwohl Mama das ja am liebsten hätte, weil es so »authentisch« wäre.

»Da springe ich gern ein«, meldet aber Ramona sofort ihr Interesse an, als sie davon Wind kriegt. Bei dem Shooting auf dem Darß hat sie scheinbar echt Blut geleckt. Ausgerechnet sie, die immer so schüchtern war!

Ich kann ihre Verwandlung nur schwer fassen, aber sie erklärt es mir.

»Mit dem Shooting konnte ich meinen Eltern beweisen, dass ich aus den Pampers endgültig rausgewachsen bin. Die haben jetzt richtig Respekt vor mir und erlauben mir viel mehr als vorher.«

»Du bist eben einfach stärker geworden. Der Mensch wächst nun mal mit seinen Herausforderungen«, gebe ich mangels eigener Eingebung einen Spruch von Oma Petersen zum Besten, denn die muss es ja wissen.

Ich würde übrigens auch gern noch ein bisschen an coolen Herausforderungen wachsen, und wie ich das mal wieder so vor mich hindenke, taucht Mama auf und fragt, ob ich die nächsten Tage bei Papa bleiben kann.
»Ich fahre dich auch mit Polly eben rüber.«
Das habe ich mit cooler Herausforderung zwar nicht gemeint, aber okay, wenn es nun schon mal auf der Tagesordnung steht. Es gibt da ja schließlich noch ein ziemlich wichtiges persönliches Projekt ... ein sehr wichtiges ... ein megawichtiges, das durch den ganzen Stress mit Céline unverzeihlicherweise etwas in den Hintergrund gerutscht ist ... und um das ich mich nun wohl mal wieder etwas intensiver kümmern muss. Starte ich damit doch gleich mal durch!
Ich schaue meine Mutter fragend an. »Arbeitest du jetzt immer am Wochenende?«
Sie windet sich ein bisschen und mir kommt ein schrecklicher Verdacht. In letzter Zeit redet sie ziemlich oft von diesem Fotografen, mit dem sie das Shooting auf dem Darß gemacht hat – das ist derselbe, den sie bei der Blüh-Party für die Königin der Nacht umarmt hat ... und mit dem sie in Düsseldorf war und ... OMG, habe ich Schuppen auf den Augen gehabt? Was geht da ab?
»Triffst du dich mit dem?«, ploppt es mir ohne den Umweg über das Gehirn aus dem Mund, so bussig macht mich dieser Gedanke.
»Mit *wem* soll ich mich treffen?«, fragt Mama zu Recht erstaunt, denn das kam ja nun auch ziemlich aus heiterem Himmel.
»Na, mit diesem Fotografen, diesem Richie?«

Sie zögert einen winzigen Moment, was mir aber nicht entgeht.

»N…nein, wie kommst du denn auf so was? Wir haben rein beruflich miteinander zu tun …«

»Aha, und an diesem Wochenende zufällig auch?«

»Lotte, jetzt sei aber nicht albern! Seit wann interessiert es dich, mit wem ich an meinen dienstlichen Wochenenden zusammenarbeite?«

»Seit du mehr dienstliche Wochenenden mit fremden Leuten als private mit deiner Tochter verbringst«, sage ich patzig.

»Ehrlich?« Mama wirkt erstaunt. »Bin ich so oft weg?«

»Ja, bist du. Viel zu oft, da kann man schon mal denken, dass da mehr als nur die Arbeit dahintersteckt.«

Dieser Richie wird mir in der Tat langsam etwas unheimlich. Der soll ja seine Finger von meiner Mutter lassen!

Ich schaue meine Mama etwas genauer an. Sie hat die gleichen roten Haare wie ich, aber sie trägt sie schulterlang und in eleganten Wellen. Eigentlich ist sie eine ziemlich attraktive Frau. Ich glaube, ich muss ein bisschen mehr auf sie aufpassen.

Im Moment wirkt sie schuldbewusst, aber offenbar nur allgemein, weil sie mich so oft alleine lässt. Dennoch kann etwas Wachsamkeit nicht schaden.

»Dieser Termin lässt sich jetzt leider nicht mehr verschieben«, sagt sie in meine Gedanken hinein, »aber ich verspreche dir, ich werde das in der Redaktion zur Sprache bringen. Sicher können auch mal die Kolleginnen ran, die keine Kinder haben.«

»Das würdest du für mich tun?« Sofort bin ich wieder ganz optimistisch. Nein, ich glaube nicht, dass sie mit diesem Fotografen etwas anfangen wird. Das wäre auch echt nicht fair in Bezug auf mein privates Wiedervereinigungsprojekt. Aber ich werde da auf jeden Fall mal ein bisschen mehr Dampf machen. Nicht dass doch noch was anbrennt.

»Wäre wirklich schön, wenn wir mal wieder etwas mehr Zeit miteinander verbringen könnten«, sage ich darum. Und weil ich Mama nichts auf die lange Bank schieben lassen will, frage ich: »Kannst du das bald in der Redaktion besprechen?«

»Klar, sofort nächste Woche und jetzt hopp, pack deine Sachen zusammen, ich setze schon mal Polly ins Auto.«

Papa freut sich, dass ich das Wochenende bei ihm bin, und am Abend wünsche ich mir, dass er an dem alten Kachelofen im Wohnzimmer ein Kapitel aus Elysium vorliest. Das, wo Prinz Eron mit dem weißen Pegasus seine Schwester Agneta aus dem Hexenturm befreit. Das finde ich so besonders schön und romantisch.

Wir sitzen bei Kerzenschein auf dem gemütlichen Flohmarktsofa, ich kuschle mich in Papas Arme und frage mich, wie Céline ohne ihre Eltern wohl klarkommt. Braucht nicht jeder abends jemanden zum Kuscheln und ein bisschen Geborgenheit? Mama doch eigentlich auch! Hm …?

Weil der zweite Teil von *Prinz Eron aus Elysium* im Kino läuft, verabrede ich mich mit den GIRLS und Céline, um den Film mit ihnen gemeinsam anzusehen. Das Kinoerlebnis haben wir uns auch wirklich verdient. Hinter uns liegt immerhin eine ziemlich anstrengende Zeit. Aber ich muss sagen, wir haben zusammengehalten und uns gut geschlagen und auch eine Menge erreicht.

Sogar Zwiefalten hat sich zum Regenwaldtag schließlich doch noch ein Lob abgerungen, und dass er Célines Verweis von der Schule verhindert hat, war menschlich echt nobel. Wenn er nicht ausgerechnet Mathelehrer wäre, würden wir ihn uns schon noch zu einem guten Klassenlehrer hinbiegen, aber bei dem Fach ...?!

Das Hallo ist groß, als Robroy und die Board-Brothers ebenfalls im Kino auflaufen und sogar die Chicks hängen schon am Popcorn-Corner rum.

Na ja, das war zu erwarten. Prinz Eron ist zurzeit bei den Jungen und Mädchen unserer Schule total beliebt und die Filme sind ja auch einfach cool, denn es gibt neben viel Romantik jede Menge Action, worauf besonders die Jungs abfahren.

Vor allem Marcel! Was er mal wieder unter Beweis stellt, als er auf der Treppe zur Galerie voll lässig über seine eigenen Latschen stolpert und eine riesige Popcornladung auf die Leute im darunterliegenden Parkett verteilt. Leise rieselt der Schnee ... Was für ein Vollhonk!

Viele Pärchen aus der Mittelstufe hocken in dem Block mit den Zweiersitzen. Die knutschen bestimmt, sobald es dunkel wird. Als ich das kichernd sage, stimmen meine Freundinnen höchst albern in mein Kichern mit ein. Knutschen, igitt! Wie kann man sich nur so peinlich benehmen!

Hanna und ich versinken sofort mit einem Seufzer im Kinosessel und geben uns dann ganz unserer Schwärmerei für

Sean Silvester hin. Er ist als Prinz Eron einfach galaktisch. Céline fühlt sich durch Elysium in den Regenwald versetzt und die Jungs fiebern beim Schlachtengetümmel lautstark mit.

In der Pause diskutieren Stine und Robroy, ob sie nicht als Team zur bald fälligen Klassensprecherwahl antreten sollen. Wie es scheint, gibt es auch in Zukunft viel zu tun! Packen wir's also an!

Klar, wird gemacht … aber … äh … etwas später … jetzt geht es erst mal zum Film zurück. Bin ja sooo gespannt!

Oh, verdammte Kiste, da habe ich mich doch voll im Tran glatt auf mein Eis gesetzt, das ist ja nun wohl am A… uups, ja genau da!

Ich springe hektisch auf. Was nun?

»Setz dich endlich, Lotte! Der Film geht weiter.«

Hm, mal meinen Lebenskompass fragen …? Keine Zeit!

Hanna zieht mich runter und ich lande erneut auf dem Eis.

OMG! Jetzt muss ich aber ganz stark sein und blitzgeschwind selbst entscheiden: Toilette und die beste Szene verpassen oder … aussitzen?

»Is' was?«, fragt Hanna, weil ich ziemlich unruhig im Sitz hin und her rutsche.

Ich schüttele den Kopf. »Nur das übliche Chaos«, flüstere ich, bleibe im wahrsten Sinne des Wortes cremig und denke positiv. Wenn alle Probleme so schnell schmelzen wie das Eis unter meinem Po, dann ist das Leben doch wirklich gar nicht so übel!

In der Lesegören-Reihe ebenfalls erschienen:
Hortense Ullrich: Für alle Fälle – Luna
Patricia Schröder: Emely – total vernetzt!

Hinweis
Die Handlung ist frei erfunden, Ähnlichkeiten mit lebenden oder toten Personen, mit Ausnahme von solchen der Zeitgeschichte, sind rein zufällig und nicht beabsichtigt.
Der geschilderte Kampf der Indianer in Ecuador um den fiktiven Ort Yarasacu lehnt sich an ähnliche Ereignisse um den Ort Sarayacu an. Weitere Infos und Videos dazu unter: www.araonline.de/ecuador.htm

Minte-König, Bianka:
Lesegören
Wo geht's lang, Girls?
ISBN 978 3 522 50447 8

Umschlagillustration: Carolin Liepins
Umschlaglayout und -typografie: Maria Seidel
Innentypografie und Satz: Kadja Gericke
Schrift: Minion, KG Ten Thousand Reasons Alt
Reproduktion: Medienfabrik GmbH, Stuttgart
Druck und Bindung: GGP Media GmbH, Pößneck
© 2015 Planet Girl
in der Thienemann-Esslinger Verlag GmbH, Stuttgart
Printed in Germany. Alle Rechte vorbehalten.
5 4 3 2 1°   15 16 17 18 19

www.biankaminte-koenig.de

Neue Bücher entdecken, in Leseproben stöbern, tolle Gewinne sichern und Wissenswertes erfahren in unseren Newslettern für Bücherfans.
Jetzt anmelden unter: www.planet-girl-verlag.de

Noch mehr von den LESEGÖREN

Hortense Ullrich
Lesegören
Für alle Fälle – Luna
192 Seiten · Gebunden
ISBN 978-3-522-50457-7

Wo immer Luna jemanden in Not sieht oder ein Problem wittert, ist sie zur Stelle. Leider weiß das meist niemand zu schätzen. Dass ihre Hilfsaktionen ab und an im mittleren Chaos enden – dafür kann sie ja schließlich nichts! Auch als ihre beste Freundin dringend eine Oma und einen Opa für den Großelterntag an der Schule braucht, hat Luna sofort einen Plan parat...

Patricia Schröder
Lesegören
Emely – total vernetzt!
224 Seiten · Gebunden
ISBN 978-3-522-50449-2

Klamotten aufpeppen, Selbermachen - das sind Emelys große Leidenschaften. Als sie in der Schule die Aufgabe bekommt, eine Website zu programmieren, hält sich ihre Begeisterung jedoch in Grenzen. Wozu soll das denn bitte gut sein? Schließlich hat sie gerade wirklich Wichtigeres zu tun. Eine kleine Katze wurde angefahren und Emely muss sich um sie kümmern. Doch da kommt ihr eine geniale Idee ...

PLANET GIRL
Meine Welt voller Bücher!

www.planet-girl-verlag.de